KB059670

따져 읽는
호랑이
이야기

따져 읽는
호랑이
이야기

김종광 지음

솔

이 책을
읽어야 하는 이유

무수한 전래동화에는, 이걸 어린이·청소년이 왜 읽어야 하는지 모르겠는 것도 숱하다.

하지만 출판사 기획자들과 각색(또 쓰기, 다시 쓰기, 새로 쓰기, 재구성, 재해석, 윤색, 교열, 가필 등 선본 텍스트를 변형한 모든 행위) 필자들에겐, 어린이·청소년이 이걸 꼭 읽어야만 하는 까닭이 있었을 테다.

내게도 이 책을 청소년·학부모가 읽어야 할 분명한 까닭이 있다.

전래동화는 어떻게 만들어졌는가.

어떻게 기록되고 각색되었는가.

원래 어린이를 위한 이야기가 아니었던, 세대 초월 남녀노소 모두의 이야기였던 민담(신화, 전설 포함)이 어떻게 어린이·청소년용 이야기로 자리 잡았는가.

왜 이야기 자체보다 교훈에 집착하게 되었는가.

왜 출판사들이 전래동화에 사활을 걸게 되었는가.

전래동화는 왜 출처를 밝힐 수 없는가.

숱한 의문에 답하려고 했다.

전래동화의 진짜 역사를 살피면서 전래동화의 진실에 다가가려고 했다.

나는 우리나라 어린이·청소년이 주입식 교훈담으로 감상했던 전래동화의 이면을 비판적으로 의심할 수 있어야 한다고 생각한다.

이 책은 그런 비판적 독서의 길라잡이고자 한다.

이상이 이 책을 어린이·청소년과 책을 사주는 어른들이 읽어야 하는 까닭이다.

밝혀둡니다

- 이 책에는 여러 전래동화가 나옵니다. 가능한 참고한 텍스트를 명시하였습니다.
- 작은 글씨로 인용한 전래동화와 기사는 현대 맞춤법에 맞게 고친 바가 있으나 거의 원문 그대로입니다.
- 본문에 녹여낸 전래동화는 화소(이야기의 기본 단위)는 유지하되 필자가 대개 각색한 것입니다.

차 례

호랑이 이야기
인기 순위

호랑이 이야기
인기 순위

호랑이 이야기는 130가지다

한국인은 습관적으로 말한다. 호랑이 이야기는 수없이 많다. 오죽하면 호담국(虎談國, 호랑이 이야기 나라)이라고 불렸겠는가.

구체적으로 얼마나 된다는 건가. 수만 개? 수천 개? 수백 개?

나는 1920~2018년 사이에 신문에든 책에든 사이트에든 게재된 문자로 고정된 호랑이 이야기 3천여 편을 읽었다. 더 읽었을지도 모른다.

이야기를 화소의 규모에 따라 큰 이야기, 중간 이야기, 작은 이야기로 나눠보자.

내가 읽은 호랑이 이야기는 130가지 작은 이야기(화소)의 변형 혹은 합성이었다. 그러니까 호랑이 이야기는 작은 것으로 따지면 130개 정도다.

인터넷 서점에 '101가지'로 검색하면 500여 개의 상품이 뜬다. 왜 딱 떨어지는 100가지도 아니고, 백팔번뇌 이미지를 담은 108가지도 아니고, 별을 셀 때 쓰는 말 '구만 세 개'도 아니고, 101가지일까?

101가지 책을 살펴보면, 방법이든 수단이든 비법이든 방식이든 질문이든 억지로 이야기를 101가지로 맞춘 경우도 있다. 대개는 101가지가 아니다. 101가지가 넘는 책도 있고 101가지에 한참 모자라는 책도 있다. 그러니까 101가지는 관형어다.

이 점이 '100가지'가 들어가는 책과 차별된다. 100가지 책은 정말 100가지에 맞추려고 한다.

101가지는 아주 많다, 셀 수도 없이 많고 생각할수록 더 있다는 말일 게다. 딱 100가지면 정말 딱 100가지밖에 없는 것 같다. '1'이 추가되었을 뿐인데, '101가지'라고 하니 한참 더 있어 보인다. '1'이 한 개가 아니라 계속 더 있다는 강력한 여운으로 작용하는 거다.

한국이든 외국이든 굳이 제목에 '101가지'를 넣어야 팔릴 것 같은 모양이다. 그렇지 않고서야 '101가지'를 명토 박은 책이 그토록 많을 리가 없다.

나는 호랑이 이야기가 130가지라고 했다. 130개 중, 101가지는 '호랑이 잡는 101가지 방법'이라는 제목으로 묶을 수 있다.

호랑이 잡는 방법이 아닌 이야기가 29개 정도.

합해서 130개라고 계산한 것이다.

'호랑이와 곶감'은 수없이 출간되었다. 어떤 작가가 고쳐 쓰거나 새로 쓰거나 패러디하거나 하여튼 달리 써서, 또 하나의 '호랑이와 곶감' 전래동화를 내놓았다. 그때 그 행위를 무엇이라고 불러야 하는가.

재구성? 재해석? 윤색? 윤문? 교열? 가필? 리바이벌? 재탕?

이미 있었던 것과 확실히 차별되도록 '새롭게 썼다'고 자부한다. 하지만 그건 출판사와 글쓴이의 생각이다. 독자들 눈에는 그게 그거로 보일 테다.

그 모든 고쳐쓰기, 다시 쓰기, 새로 쓰기 행태를 '각색'이라고 하자.

각색脚色은 '시, 희곡, 소설 등 활자로 이루어진 문학작품이 시각적 이미지로 전환되어 영상화되는 것을 말'한다. 주로 '소설 텍스트를 영화의 시나리오로 바꿨을 때' 사용하는 말이다. 표준국어대사전에는 '흥미나 강한 인상을 주기 위하여 실제로 없었던 것을 보태어 사실인 것처럼 꾸밈'이라는 풀이도 있다.

다시 쓰는 모든 글쓰기 행위에도 '각색'이란 말이 가장 잘 어울린다.

『전래동화 교육의 이론과 실제』*에는 1959~1995년까지 발간된 전래동화집(여러 이야기를 함께 묶은) 271권을 분석한 내용이 나온다. 헤아릴 수 없이 많은 전래동화가 있었다는데, 어

▶ 김기창·최운식, 집문당, 1998.

쩐 일인지 책에 한 번이라도 기록된 전래동화는 수백 편에 불과하다.

그중 인기가 높았던 100개의 이야기의 각색 횟수를 통계 낸 자료도 나온다. 한마디로 '각색 인기 순위'다. 17위까지만 보자.

1위	토끼의 꾀	42회
2위	호랑이와 곶감	41회
3위	도깨비 방망이	40회
3위	은혜 모르는 호랑이	40회
5위	해와 달이 된 오누이	35회
5위	혹부리 영감	35회
7위	우렁이 색시	32회
8위	도깨비 감투	31회
8위	은혜 갚은 두꺼비	31회
8위	효성스러운 호랑이	31회
11위	나무꾼과 선녀	30회
12위	금강산 호랑이	28회
12위	땅속 나라 도둑	28회
12위	반쪽이	28회
12위	세 가지 유물	28회
12위	할머니의 호랑이 잡기	28회
17위	개와 고양이	27회

1996년 이후 지금까지 발간된 전래동화집을 통틀어 조사해도 저 순위는 바뀌지 않을 것이다. 왜냐하면 전집이든 단행본이든 1996년 이후 발간된 모든 동화책 시리즈에는 위의 이야기들이 반드시 들어 있기 때문이다.

이 책의 주인공 호랑이가 출연하는 전래동화가 최상위권을 휩쓸고 있다. 이토록 인기 높은 전래동화를 다수 배출한 동물은 없다. 호랑이 이야기는 인기가 워낙 높아서, 호랑이 이야기만 따로 모아 엮은 전래동화집도 숱하다.

위 인기 순위표에서, 호랑이가 등장하는 전래동화만을 다시 소개한다. 간단한 설명을 덧붙여 보겠다. 다만 제목만 봐도 누구나 알 만한 이야기는 굳이 언급하지 않겠다. 높은 순위를 기록하지는 못했지만 100위권 안에 든 호랑이 이야기도 아울러 소개한다.

1위, 토끼의 꾀

토끼가 대개 3가지 전략으로 호랑이를 괴롭히거나 죽이는 이야기다.

하나: 조약돌을 불에 구워 먹이기.

둘: 차가운 강물에 꼬리 담그게 하여 얼리기.

셋: 참새 먹게 해준다고 갈대숲이나 억새밭으로 유인하여 불
태우기.

2위, 호랑이와 곶감

3위, 은혜 모르는 호랑이

'토끼의 재판'이라는 제목도 인기가 높다. '재판 받은 호랑이'
라는 제목도 있다. 다 같은 이야기다. 사람이 함정에 빠진 호랑
이를 구해주었더니 호랑이가 은혜를 모르고 잡아먹으려고 해
재판 받으러 다니는 이야기다.

5위, 해와 달이 된 오누이

8위, 효성스러운 호랑이

호랑이가 나무꾼에게 속아 사람에게 효도하는 이야기다.

12위, 금강산 호랑이

'금강산 유복동', '금강산 유복이'처럼 유복자를 강조한 제목
이 많다. 유복자가 아비를 잡아먹은 금강산 호랑이를 찾아가 복
수한다는 이야기다.

12위, 반쪽이

호랑이는 반쪽이의 힘자랑에 재수 없이 죽는 단역으로 출연한다.

12위, 할머니의 호랑이 잡기

할머니가 팥죽으로 호랑이를 유인했기 때문에 '팥죽 할머니와 호랑이'처럼 '팥죽'을 강조한 제목들이 많다. 할머니와 여러 무생물들이 연합 작전으로 호랑이를 잡는 이야기다.

47위, 차돌 깨무는 호랑이

호랑이에게 먹히는 것을 피하기 위해서 아이가 떡 대신 차돌을 준다는 이야기다.

57위, 은혜 갚은 호랑이

사람이 호랑이 목에 걸린 가시나 뼈나 비녀를 빼준다. 호랑이는 은혜를 갚는다고 사람에게 짐승도 잡아주고 여자도 물어다 준다는 이야기다.

57위, 호랑이 배 속 구경

호랑이한테 삼켜진 사람이 배 속에서 삶을 도모하는 이야기다.

나이 자랑하는 이야기다.

어떤 선비가 밤이면 호랑이로 변하여 개를 잡아다 어머니 약으로 드렸다. 마지막 날 아내 때문에 사람으로 돌아가지 못하고 죽는 날까지 호랑이로 살았다는 이야기다.

나무 위로 쫓긴 사람이 피리를 불어 호랑이를 무당처럼 춤추게 한다는 이야기다. '무당 호랑이'라는 제목으로도 인기가 높다.

호랑이 똥구멍에 피리를 쑤셔 박아 피리 소리를 나게 한다는 이야기다.

『삼국유사』에 나오는 「김현감호金現感虎」를 각색한 이야기다. '사랑'이라는 어처구니없는 제목을 붙이는 게 인상적이다. 암컷 호랑이가 인간 남성에게 모든 것을 바치는 이야기다.

전래동화의
역사

전래동화의 역사

전래동화의 나라

『전래동화 교육의 이론과 실제』는 광범위한 전래동화 연구를 깔끔하게 종합한 역작이다. 이 책에 흥미로운 통계 자료가 있다.

저자들이 작성한 전래동화집 발간 목록에 따르면 일제강점기에는 8권의 전래동화집이 발간되었다.

건국 이후 1987년 8월까지 나온 전래동화집은 158권이다.

1987년 가을부터 1995년까지 188권이 발간되었다. 8년 사이에, 건국 이후 40여 년 동안 발간된 것보다 훨씬 많은 전래동화집이 발간된 것이다. 1980년대 들어 진정한 전래동화의 시대가 열린 셈이다.

위 연구서의 집계에 포함되지 않은, 1996년 이후 발간된 전래동화집은 누군가 발간 목록을 작성해보려는 꿈도 꾸지 못할 만큼 어마어마하다.

과거에 전래동화집이라면 최소한 10~20편의 이야기가 함께 묶인 책을 말했다. 수십 년간 전래동화집의 대명사로 자리매김했던 『한국 전래동화집』(전15권)◗에도 한 권당 전래동화가 30여 편씩 실려 있다.

2000년 즈음부터 한 권짜리 전래동화가 유행했다. 유아부터 저학년을 겨냥하여 한 권에 이야기가 한두 편씩 들어 있는, 글자가 몹시 크고, 그림은 예술의 경지고, 표지는 무척 두꺼워 내려놓을 때마다 퍽퍽 소리가 나는 이른바 홈쇼핑 판매용 전집류의 책 말이다.

인터넷 서점 검색창에 '전래동화'라고 치면 2천3백 개의 상품이 검색된다. '전래동화'로 검색되지 않지만 전래동화를 각색한 게 분명한 책도 수천 종이 넘을 테다.

2018년 기준 우리나라 도서관은 코딱지만 한 것까지 다 합하여 1만9천여 관이다. 그중 초등학교 도서관 6천여 관, 초등학생이 이용하지 않으면 파리 날릴 ─ 우리나라는 다 알다시피 중학생 때부터는 거의 책을 읽지 않으므로 ─ 공공 도서관 1천여 관, 작은 도서관 6천여 관을 합하면 1만3천여 관이다. 1만3천여 관에 꽂힌 책의 절반 이상이 전래동화일 테다.

인터넷 검색창에 '전래동화'라고 치면, 별의별 글과 영상이 등장한다.

우리나라는 전래동화의 나라라고 해도 과언이 아니다.

◗ 이원수·손동인·최내옥 엮음, 창비, 1980~1985.

어린이와 소년과 청소년

전래동화의 주요 소비자들에 대해 알아둘 필요가 있다. 어린이, 소년, 청소년 등은 20세기 초에 거듭난 호칭이다.

표준국어대사전은 소년少年을 아래와 같이 풀이한다.

> 1 아직 완전히 성숙하지 아니한 어린 사내아이.
> 「비슷한말」소동小童「반대말」소녀少女
> 2 젊은 나이. 또는 그런 나이의 사람.
> 3 소년법에서, 19세 미만인 사람을 이르는 말.

조선시대에도 '소년'이란 말이 충분히 쓰였다.

『조선왕조실록』등 조선시대의 공신력 있는 기록에 등장하는 '少年(소년)'은 '젊은 나이, 또는 그런 나이의 사람'으로 주로 쓰였다. 지금의 '청년'에 해당하는 말이었다.

지금의 초등학생 정도의 소년을 뜻할 때는 '소동小童'을 썼다.

1910년대까지만 해도 '소년'은 '청년'을 의미할 때가 많았다. 진짜 우리나라 최초의 잡지일지도 모르는『소년 한반도少年韓半島』에서의 '소년', 우리나라 최초의 잡지 타이틀을 거머쥔『소년少年』에서의 '소년', 두 잡지에서 거론되는 '청년 같은 소년'들이 증거다.

▷ 대한제국 광무 10년(1906) 11월에 청소년 계몽과 신지식 전수를 목적으로 창간되어 융희 1년(1907) 4월 통권 6호로 종간되었다. 이해조가 편집과 소설 연재를 담당하였다.
▷ 1908년 11월에 최남선이 창간한 우리나라 최초의 월간 종합 교양잡지. 신문관新文館에서 발행하였고, 1911년 5월 15일 통권 23호를 끝으로 폐간되었다.

시나브로 '소동'이란 말은 거의 쓰이지 않게 되었다. 소동 대신 널리 쓰인 말이 바로 '어린이'였다.

소년은 청소년과 청년으로 분화한다. 구분점은 대략 16세였던 것으로 보인다.

소년지도자대회少年指導者大會에서는 금 25일 오후 8시부터 경운동 천도교당 내에서 좌기와 같은 동화童話대회를 개최한다는데 입상자는 십륙세 미만 되는 소년과 녀자에만 한한다더라.

「십인＋人대장」(안영경), 「백일홍 이야기」(고한숭), 「불쌍한 동무」(김용희 양), 「내여버린 안해」(방정환). 여흥은 무도, 독창 등 수종.▶

위 기사에 따르면, '소년'은 '16세 미만의 남자'였다.

당시 신문들을 읽어보면 '청소년'은 대개, '결혼하지 않은 16세 이상 25세 이하의 남자와 여자'를 가리켰다. 결혼하면 '청년'이었다.

원래 소년은 '적을 소'든 '젊을 소'든 남녀를 두루 가리키는 말이었을 테다. 조선시대 때 이미 소년은 남자만을 지칭하는 말이었다. 어리거나 젊은 여자만을 가리키는 '소녀'라는 말이 따

▶ 「동아일보」 1923. 7. 25.

로 있었다. 소년은 남자, 소녀는 여자가 된 것이다.

남자를 뜻하는 소년은 '소남'이어야 했다. 실제로 '어린이'의 창조자 방정환(1899~1931)은 '소남 소녀'라는 말을 즐겨 썼다. 하지만 '소남'은 대중에게 수용되지 않았다. 방정환은 '어린이'를 조선인에게 심는 데는 성공했지만, '소남'을 상용화하는 데는 실패했다.

여러 지식인이 '소년'이란 단어의 '여성 차별 혹은 비하'적인 측면을 지적했다. '남녀'를 가리킬 때는 '소년', '남자'만 가리킬 때는 '소남'으로 쓰자고 주장했지만 소용없었다.

위와 비슷한 경우로 '그'와 '그녀'가 있다. 어떤 소설가가 처음 '그'와 '그녀'를 썼다고 하는데 이는 이전에 한문으로 있던 궐자厥者, 궐녀厥女를 번역한 용어에 지나지 않을 것이다. 아무튼 '그'가 사람을 뜻하니 '그'는 남자와 여자 모두를 가리킨다. 왜 여자한테는 꼭 '녀'를 붙이냐는 것이다. 의식적으로 남자든 여자든 '그'라고 쓰는 이들도 많다. 하지만 언어 대중은 '그'와 '그녀'를 남자와 여자로 구분해 쓰고 있다.

이상하게도 청소년은 남녀를 모두 가리키는 말로 남았다. '청소년'도 남자만을 가리킨다고 생각했는지, '청소녀'라는 말을 쓴 분들도 있었다. '소녀'와 달리 '청소녀'는 영향력을 가지지 못하고 사그라져 거의 죽은말이 되었다. '청소년'은 본래의 의미대로 '청춘 남녀'를 가리키게 된 것이다.

하고 보면 어린이도 성차별 의식이 없는 참 좋은 말이다.

정리하자면, 1919년 3·1운동을 기점으로, 과거의 '소년'은 '소년'과 '청소년'과 '청년'으로 나뉘었다. 과거의 '소동'은 '어린이'가 되었다.

소년과 소녀, 그와 그녀는 반대말처럼 쓰였지만, 어린이와 청소년과 청년은 성 구분이 없었다.

소년회와 동화대회

전래동화는 까마득한 옛날부터 입에서 입으로 전해져 내려왔다고 한다. 19세기까지는 그랬을 수도 있다. 그러나 20세기부터는 입보다는 활자를 통해 전해져 내려온 게 명백하다.

인기 높은 호랑이 이야기를 비롯해서, 거의 모든 전래동화가 최초로 문자화된 것은 언제일까?

그냥 '이야기'로 따진다면, 조선시대 한문 책과 언문 소설에서 그 처음을 찾아야 할 테다. 웬만한 옛날이야기는 조선시대 한문 책과 언문 소설에 이미 다 기록되어 있었다.

조선 후기까지 무수한 이야기가 입에서 입으로 전해져 내려온 구비 시대가 맞다. 하지만 조선 후기에도 책에서 읽고 전파한 경우가 허다했다.

'동화童話'(동심童心을 바탕으로 하여, 어린이를 위해 쓴 산문 문학의 한 갈래)와 '전래동화'의 시작은 명백하다.

최초로 '동화'라는 말을 쓴 사람이 누구인지는 특정할 수 없다. 1910년대 '동화'를 정립한 사람은 최남선(1890~1957)이다. 최남선은『소년』을 통해 '동화'라는 새로운 장르를 정착시켰다.

'전래동화'의 세상을 연 것은 1920년대 소년회 활동이다. 소년회? 그런 게 있었어? 브나로드운동*은 들어봤지만 소년회는 처음 들어보는데? 하실 독자분들이 많겠다.

호랑이와 개미의 싸움

『동아일보』에 실린「호랑이와 개미의 싸움」이라는 이야기를 한번 보자.

> 끝으로는 웅변 소년으로 이름 높은 김만두가 나와서 「호랑이와 개미의 싸움」이라는 긴 이야기가 있었다.
>
> 어떤 곳에 많은 개미가 집을 짓고 사는데 그곳에 호랑이가 가끔 놀러 와서 그 큰 발로 땅을 밟고 뛰노는 통에 개미집이 자꾸 부서지게 되었었다. 개미들은 여러 번 이러한 일을 당하야 그 집을 고쳐 짓기에 큰 곤란을 겪게 되었음으로 나중에는 할 수 없이 두 마리의 사신을 뽑아 보내어서 "호랑님 제발 놀이터를 다른 곳으로 옮겨 정하시어서 저이들의 집을 좀 아니 무너지게 하야줍소사" 탄원을 하였다.

▶ 동아일보사가 1930년대 일으킨 농촌계몽운동의 하나.
▶ 「동아일보」 몽고생蒙古生, 1929. 12. 6.

그러나 호랑이는 이 말을 듣고 도리어 대단히 성을 내어서 "내 눈썹 하나만큼도 못한 이 작은 놈들아 너희들이 감히 내 놀이터를 바꾸어라 말라 하냐…… 방자하고 괘씸한 이놈들!" 하면서 큰 호령을 하였다. 개미 사신들은 호랑이의 무서운 야단에 질겁을 하고 놀래서 달음질을 쳐서 곧 집으로 돌아와서 모든 동무에게 그 전말을 보고하였다.

호랑이는 곧 다시 내려와서 이번에는 일부러 그전보다도 더욱 요란스러웁게 내달리고 날뛰고 하야 개미집을 여지없이 부시어놓았다. 개미들은 흙 틈에 끼어 있다가 간신히 살아나서 이번에는 이들 또한 크게 분노하여 마침내 호랑이와 싸울 것을 만장일치로 결정하였다.

그리하야 그다음에 다시 호랑이가 놀러 왔다가 누워서 쉬는 틈을 엿보아서 몇천 마리의 개미가 일제히 호랑이 털 속으로 뚫고 들어가서 독함을 머금고 그 집게 입으로써 살을 꼬집고 비틀고 하였다. 호랑이는 처음에는 요까짓 것들이 무엇이냐 하는 듯이 몸을 흔들고 뛰어서 개미를 떨어버리려고 하였다. 그러나 그럴수록 개미는 더욱더욱 그 살을 꽉 물고 놓지 않을 뿐만 아니라 나중에는 다시 호랑이의 겨드랑눈께 귓속 같은 연한 살을 가리어서 자꾸자꾸 파고 들어가는 바람에 호랑이는 마침내 견디지 못하여 몸을 뒤틀고 궁글면서 이제는 다시 안 그럴 테니 용서

해달라고 항복을 하지 아니 못하게 되었다는 것이다.

이야기하는 사람이 호랑이 흉내를 내면서 "개미님들! 잘못했시다 한 번만 용서해주시우 아이고 아파죽겠쇠다 개미님들!" 하고 눈물을 흘리면서 도리어 애원할 때에 모든 어린이들이 이것을 보고 "에이 나쁜 호랑이놈" 하기도 하고 또는 "개미야, 불쌍하다 호랑이를 용서해주어라" 하기도 하면서 소리를 쳤었다.

이야기가 마친 뒤에 만두는 다시 소리를 펴서 "이것을 보시오, 작고 어리다 해서 무슨 일을 못 하는 것은 아닙니다. 하나같이 뭉쳐 서서 힘을 쓰면 작고 어릴지라도 못 하는 일이 없습니다. 그런즉 우리 어린이들도 이제 어리다 해서 스스로 못난이 노릇만을 할 것이 아니라 서로서로 하나같이 힘을 합쳐서 우리 마을 위하야 어린이로서 무슨 일을 하여야지 아니하면 아니 되겠쇠다" 하는 말로써 끝을 맺었다.

이제까지 오직 사람 놀려먹는 무서운 도깝이나 여호이야기밖에는 잘 얻어듣지 못하든 모든 어린이들은 오늘 밤의 동화회에서 처음으로 이야기다운 이야기를 듣고 누구나 다 말할 수 없는 깊은 흥미로써 그 이야기들이 가르쳐주는 착한 일을 한 가지 듣고 실지로 하여 보라는 듯한 마음을 싹내게 되었다.

그는 이 자리에서 다만 청년군뿐만 아니라 이제는 다시

소년군의 새로운 조직을 가질 정도에까지 이르게 된 것을
보고 또 한 번 반가워하야 마지아니하였다. 끝으로 모든
어린이들은 새해의 선물로 공책 한 권과 연필 두 자루씩
나누어줌을 받은 뒤에 질거움을 가슴에 다북하게 품고 각
각 집으로 돌아갔다.

위 글은 일제강점기 소년회 혹은 동화(대)회의 행사 모습을
잘 보여준다. 행사의 주가 동화 구연이었기에 동화(대)회로 불
리기도 한 것이다.

일제강점기 때 소년 및 청소년이 주축이 되어 활발하게 움직
였던 조직 및 단체가 소년회였다. 요즘의 청소년 동아리나 서클
이다.

소년회(혹은 소년소녀회)는 상급 학교에 못 가는 학생이 더
불어 배우는 자립형 풀뿌리 대안 학교였다. 동시에 소학교에 가
지 못하는 아동들에게 한글을 가르쳐주는 야학이었다.

전국 방방곡곡 거의 모든 고장에 이런 자발적인 소년회가 있
었다.

1930년대의 브나로드운동은 매우 의의 깊은 운동이나 『동아
일보』가 신문 판매 방책으로 선도한 관제 운동 성격이 짙었다.

반면에 1920년대의 소년회 활동은 말 그대로 자발적인 운동
이었다. 북간도와 만주에서 제주도까지 고을마다 소년회가 자
발적으로 조직되었고 활발한 활동을 펼쳤다.

소년회가 역사에 거의 기록되지 않은 것은 소년회의 주요 구성원들이 사회주의자였기 때문이다. 일제 때 이미 사회주의자는 박멸되다시피 했다. 대한민국 건국 이후에도 '사회주의자들의 활동'은 언급하는 것조차 금기였다. 브나로드운동에 열렬히 참가했던 분들이 대한민국 현대사를 이끌어 가면서 자기들의 브나로드운동은 띄우고, 소년회 선배들의 활동은 애써 무시하기도 했다.

아무튼 소년회에 '동화'는 최선의 교재였으며 '동화대회'는 최선의 사업이었다.

또한, 동화는 사상과 문화와 당대 인식을 우리 글자로 표현해 우리 이야기에 최적화된 혁명적인 양식이었다.

동화는 단순히 어린이를 위한 이야기로써 탄생한 것이 아니다. 한글의 전 민족화라는 시대적 요구에 부응하기 위해 태어났다. 그래서 1920~1930년대의 조선 역시 '동화의 나라'였다.

여기서 '동화의 나라'는 '어린이들이 읽는 이야깃거리에 취한 나라'가 아니다. '모든 사람이 한글을 배우고 익히는 나라'라는 뜻이다.

동화대회는 무슨 스포츠나 게임 대회가 아니었다. 동화가 중심이 되는 큰 모임이라는 의미다. 동화대회는 요즘의 학예회, 축제, 콘서트, 페스티벌, 전국노래자랑, 대동제 같은 이벤트 행사였다. 요즘은 무슨 이벤트가 되었든 노래와 춤이다. 전 국민의 '나는 가수다' 혹은 '나는 아이돌이다'랄까.

일제강점기에는 소년회가 주최하는 동화대회가 최고의 이벤트였다.

동화대회라고 해서 동화 구연만 하는 것은 아니었다. 노래도 하고 춤도 추고 개인기 자랑도 했다. 메인 프로그램, 하이라이트 프로그램이 동화 구연이었다는 거다.

특히 옛날이야기를 재구성한 '전래동화'가 대인기였다. 구연도 하고 극도 했다. 구연 잘하는 이는 스타가 되었다. 아까 기사에 등장했던 '웅변 소년으로 이름 높은 김만두'는 당대의 스타였다.

이 당시 한반도 최고의 스타가 바로 방정환이었다. '어린이의 영원한 벗'으로만 알려진 방정환은 1920년대 최고의 동화작가요, 전래동화 재담가요, 동화 구연자였다. 방정환은 방방곡곡의 소년회를 찾아다니며 동화를 통해 소년과 어린이를 만났다.

나는 역사 시간에 소년회와 동화대회에 대해서 배운 기억이 없다. 브나로드운동은 배웠어도. 학생과 지식인이 베풀겠다는 시혜 의식으로 펼쳤던 게 브나로드운동이다. 소년회의 활약은 그 고장 청소년들이 주축이 된 자발적이고 주체적인 애국 교양운동이었다. 소년회와 동화대회에 대해서도 배웠어야 했다.

어쨌든 우리 옛이야기는 소년회의 각종 동화대회를 통해서 「호랑이와 개미의 싸움」 같은 '전래동화'로 거듭났다.

우리 옛이야기는 중국과 일본에서 들어온 이야기, 서양과 아랍에서 건너온 이야기 등과도 섞였다. 마구 섞여서 어떤 형태로 조율되는 것을 통섭이라고 한다. 일제강점기 전래동화는 통섭의 결정체였다.▶

활자 매체, 구전설화를 문자로 고정시키다

결정적으로 전래동화를 자리매김한 것은 신문이었다. '구전설화'를 '문자로 고정한 것'이다. 그 '구전설화를 문자로 고정한 것'이 바로 전래동화였다.

대한제국기부터 일제강점기까지, 각종 신문에 게재된 옛날이야기는 지금 모든 전래동화의 원형 기록이 되었다. 구비 채집의 상당수도 신문에 게재된 글이 전파된 게 적실하다.

3·1만세운동(1919년)의 처참한 실패를 계기로 신문들이 탄생했다. 특히 『동아일보』▶와 『조선일보』▶는 일제강점기 조선인의 문자 생활의 중심이 될 수밖에 없었다. 조선인이 가장 많이 보는 인쇄 매체였기 때문이다.

1920년경만 해도 한글은 조선인의 글자라고 할 수 없었다. 신문도 국한문 혼용이라지만 한자가 압도적으로 많았다. 신문 구

▶ 일제강점기 소년회와 동화대회에 대해서 할 이야기가 너무 많지만, 새 책을 기약한다. 이 방면에 대한 연구서는 어쩐 일인지 희박한 편이나 『우리나라 소년 운동 발자취』(윤석중, 웅진, 1989), 『한국소년운동론』(김정의, 혜안, 2006), 『한국근대소년운동사』(최명표, 선인, 2011) 등의 명저가 있다.
▶ 1920년 4월 1일 김성수에 의해 창간되었다.
▶ 1920년 3월 5일 창간호를 내놓았다.

독자가 한자를 한글보다 편하게 여겼기 때문일 테다. 신문이 살 길은 하나였다. 구독자를 늘리는 것.

두 신문이 펼친 한글 보급 운동은 신문사가 계속 살아남기 위한 불가피한 전략이었다. 아울러 조선인의 문맹을 깨치는 애국 교육일 수밖에 없었다.

순 한글 전래동화는 선봉장이 되기에 충분했다. 일제강점기 신문에서 한자가 거의 나오지 않는 글은 전래동화뿐이었다. 전래동화 게재는 한글을 보급하는 가장 효율적인 수단이었다. 『동아일보』와 『조선일보』 등은 신문에 '(전래)동화'를 자주 게 재했다. 옛이야기와 '(전래)동화'를 현상 모집하기도 했다.

신문들은 한글맞춤법 발전에도 크게 기여했다. 1920년대까 지 철자법은 신문마다 달랐고 책마다 달랐다. 자기 견해대로 썼 다. 1933년, 조선어학회가 '한글 철자 통일안'을 발표했다. 신문 에 글 써서 먹고살았던 글쟁이들은 통일안을 지지하고 따랐다.

어쩌면 신문보다 더 강력하게 '옛날이야기를 문자로 고정시 킨' 것은 잡지 매체였다. 전래동화의 주요 소비자였던 소년 혹 은 어린이와 직접 만났던 잡지들.

1910년대의 『소년』 『붉은 저고리』 『아이들 보이』 『새별』……

1920년대의 『새동무』 『어린이』 『새벗』 『신소년』 『아이 생활』 『별나라』……

잡지들은 옛이야기를 각양각색의 글로 교열하고 각색했다.

독자가 '읽기 편하면서도 재미와 느낌이 있도록'.
또 소년과 어린이에게도 직접 각색할 장을 열어주었다.

그리고 일제강점기에 발간된 한글 책 중 지금 우리가 알고 있는 전래동화의 원전 모음집이라고 해도 좋을 책 몇 권이 있다.

『반만년간 죠션긔담』, 1922, 안동수 엮음, 104편 수록.
『조선동화대집』, 1926, 심의린 엮음, 83편 수록.
『조선민담집』, 1930, 손진태 엮음, 154편 수록.
『조선전래동화집』, 1940, 박영만 엮음, 75편 수록.

위 전래동화책들에는 두 가지 태도가 섞여 있다.

　　교열: 구비 채집 그대로 문자화하고 문장을 다듬는 정
　도. 그림형제처럼.
　　각색: 구비 채집을 참고로, 새로운 이야기로 탈바꿈시
　킴. 안데르센처럼.

어떤 이야기는 말 그대로 받아 적은 것 같고, 어떤 이야기는 창작을 방불케 한다.

후대에 나왔지만, 『한국 전래동화집』도 매우 중대한 책이다.

현재는 교과서까지 출간하는 문학 전문 출판사 창비가 만들어
낸 전집이다.

우리나라 역사상 제대로 된, 최초의, 최고의 전래동화 전집
으로 그때까지 활자화된 거의 모든 전래동화를 집대성했다. 이
후에 무수한 전래동화 전집이 나오지만 이야기의 방대한 채집
규모라든가 필자들의 역량이라든가 전파량 등 모든 면에서 기
념비적이다. 일제강점기 책들에 실린 전래동화와 마찬가지로
'교열'과 '각색'이 혼재한다.

국립국어원 '우리말샘'의 전래동화傳來童話 풀이는 이렇다.
"신화나 전설에서 발전하여 만들어진 동화. 특히 민담 가운데
많으며, 공상이나 교양적인 요소가 이야기의 주축을 이룬다."
고려대 한국어대사전에는 '신화나 전설에서 발전하여 이루
어진, 동심童心이 기조基調가 된 이야기'라는 설명이 들어 있다.
사전을 존중하지만, 이렇게 정리해본다.

옛날부터 전해져 내려온 이야기가 있었다. 그 이야기들은 청
자를 어린이로 특정하지 않았다. 그 이야기들은 한문 책 혹은
한글 소설에 기록되기도 했다.

1910년대, 최남선이『소년』이란 잡지를 발간했다. '동심이 기
조가 된 이야기'를 뜻하는 '동화'를 정립했다.

1920년대, 신문과 잡지를 통해 옛날이야기를 각색한 '전래동

화'가 무수히 탄생했다.

1920년대, 소년회 활동은 전래동화를 널리 전파했다.

1920~1930년대, 당시에 인기를 얻거나 널리 알려진 전래동화를 집대성한 몇 권의 책이 출간되었다.

이렇게 일제강점기에 태어난 전래동화를 1950~1970년대에 각색한 책이 백여 종 나왔다. 또한 일제강점기에 '전래동화'로 거듭난 이야기들이 입에서 입으로 전파되었다.

1980~1985년, 창비 출판사가 그간의 모든 전래동화를 집대성한 15권짜리 전집을 냈다.

이후 무수한 출판사가 위에 언급한 전래동화책들을 참고하여, 끝없이 각색 책을 내고 있다.

『한국구비문학대계』(총10편, 전85권)는 국민 혈세와 인력이 어마어마하게 투입된 대저작이다.

한국학중앙연구원(한국정신문화연구원)에서 1980~1994년까지 15년간에 걸쳐 완간했다. 고려시대로 치면 『팔만대장경』급 작업이다. 이토록 방대한 책이 다시 만들어질지 모르겠다.

많은 독자와 학자는 이 책을 대단히 신뢰한다. 정말로 아주 옛날부터 입에서 입으로 전해져 내려온 것이라는 거다. 나는 믿을 수 없다.

20세기를 사는 어른에게서 채집한 구비를 19세기부터 이어져온 구비라고 믿으라는 이야기다. 정말로 그런 경우도 있겠지만, 태반은 20세기에 한정된 구비다.

조선 후기의 한문 야담집이나 언문 소설, 19세기 말부터 20세기 초에 문자화된 신문·잡지·책에 게재된 이야기, 소년회 등의 행사에서 구연된 이야기 등을 직접 읽고 들었거나, 다른 이가 보거나 들은 이야기를 전해 들었거나, 전해 들은 것으로 착각한 경우가 태반이라고 본다.

증거 하나만 대보라면, 거의 모든 지역마다 비슷한 이야기들이 있다. 아주 옛날부터 전해져 내려온 이야기가 지역마다 특색 있게 자리 잡았다고 보는 것보다 20세기에 문자로 고정된 이야기를 각 지역마다 특색 있게 변주했다고 보는 것이 합리적이다.

가치는 인정하지만 과연 이런 책이 무슨 의미가 있는가 싶다. 이 책들은 읽기가 상당히 어렵다. '구비문학'에 충실하고자 맞춤법에 위배되는 말과 그 지역의 방언을 거의 그대로 녹음해서 풀어놓은 글이기에 해독이 힘들다. 그렇다고 '5·18민주화운동 증언록'들처럼 정말 소중하고 의미 있는 이야기를 모은 것도 아니다.

다들 자기 지역에 대대로 전해져 내려온 전설이라고 이야기하지만, 〈전설의 고향〉▶에서 본 것 같은 그 나물에 그 밥 같은 이야기일 뿐이다. 대중성은 없고 정말이지 사료상 가치만 지니는 것이다.

▶ KBS 2TV, 1977. 10. 18~1989. 10. 3, 578부작.

정말 소중한 책이려면, 나 같은 이들의 의심에도 불구하고, 최소한 18세기부터 구전된 이야기들이어야 그나마 막대한 국민 혈세가 들어간 의의를 찾을 수 있을 테다.

호랑이를 잡는
101가지 방법

호랑이를 잡는
101가지 방법

    '호랑이 잡는 방법' 유형의 설화야말로 오래전부터 구전되어
왔을 테다. 설령 구전되다가 잊히면 또 누군가 금방 지어내고
꾸며냈을 것이다. 누구나 쉽게 할 수 있는 생각이니까.

    구비口碑는 누가 얼마나 대단한 이야기를 생각해내는가는 별
로 중요하지 않다. 누가 얼마나 흥미롭게 구연하느냐가 중요했
다. 누구나 할 수 있는 이야기지만 그걸 실감나게 말하는 사람
이 그 시대의 이야기꾼이다.

    우리에게 호랑이는 동물원에나 가야 볼 수 있는 짐승이다. 생
활 현장에서는 절대로 볼 수 없다. 옛사람에게 호랑이는 생활
현장에서 볼 수도 있는 존재였다. 본다면 치명적인 사고와 연결
될 수 있는 존재였다. 인왕산에도 호랑이가 많았다. 조선의 수
도 서울도 호랑이 출몰 지대였다는 거다. 서울 아닌 데야 말할
것도 없다.

    평생 살면서 한 번 만날까 말까 하지만, 저 가까운 산속 어딘

가에 엄연히 존재한다. 그놈한테 당한 이들의 소문은 늘 들려온다. 실제로 만난다면 목숨을 걸어야 하는 존재, 그게 바로 공포와 신비에 휩싸인 호랑이였다.

현대인에게 그런 호랑이 같은 존재들이 있다. 초악당들(성폭행범, 조폭, 날강도, 싸가지 없는 특권층 자녀, 인간말짜, 추악하고 이기적인 권력자, 악당들의 앞잡이……). 저들은 우리 사회에 아주 많이 있다고 한다. 저들에게 당한 이들 소식은 뉴스에서 인터넷에서 끝없이 들려온다. 드라마나 영화로 원 없이 본다.

하지만 나는 아직 만나지 못했다. 그래서 실체를 알지 못한다. 그러나 실체를 만나는 순간, 나는 인생 최대의 위기에 처한다. 초악당은 호랑이보다 무서운 존재다.

나약하고 불안한 대중은 평소 생각해보는 것이다. 성폭행범, 조폭, 날강도, 말종 재벌을 만났을 때 그들을 물리치거나 그들로부터 달아날 수 있는 101가지 방법을. 논리적이지만 실행 가능성이 아주 낮은, 판타지 같은(말도 되지 않는), 이론으로만 가능한 별의별 방법이 다 생각날 테다. 그중에는 하도 웃겨서 사람을 배꼽 쥐게 만드는 방법도 있을 테다.

생각만 해도 행복한 경우가 있다. 초악당을 만났을 때 101가지 방법 중 하나를 사용해서 그 나쁜 놈을 생포해 경찰에 넘기고 현상금을 받는 것이다. 이른바 로또 당첨이다.

호랑이 잡는 101가지 방법도 그와 같다. 이야기를 만들어낸 사람은 호랑이로부터 도망치는 것으로 성이 차지 않았다. 그 호랑이를 잡아 돈을 버는 것까지 생각했다. 호랑이 가죽 정말 비쌌다. 사람은 죽어 이름을 남기고 호랑이는 죽어 가죽을 남긴다는 말이 괜히 생겼을까. 사람이 죽어서 남긴 이름만큼, 호랑이 가죽은 가치가 높았다. 호피는 로또나 마찬가지였다.

연구자들은 인간이 생각해낸 다양한 방법에 의해 죽어간 호랑이들을 어리석다 하여 우둔형으로 분류한다. 각색자들은 '어리석은 호랑이', '바보 호랑이' 같은 제목을 붙이곤 했다.

인간의 상상력 덕분에 수없이 죽어간 호랑이들의 명예를 위해서, 그 황당한 분류나 제목은 수정되어야 하지 않을까. 차라리 '호랑이를 잡는 101가지 방법'이라고 하란 말이다.

아무것도 안 하기

호랑이를 잡는 가장 쉬운 방법은?

'아무것도 하지 않고 잡는 것'이다. 이런 고사를 배웠을 테다. 어느 날 농부가 밭을 갈고 있었다. 토끼인지 멧돼지인지가 달려와 나무인지 바위인지에 박치기를 하고 죽었다. 농부는 공짜로 고기를 얻었다. 매일 그런 일이 일어나리라 기대하며 나무와 바위만 쳐다보았다.

이왕 그따위 이야기를 지어내려면 스케일이 커야지 고작 토끼가 뭐냐. 멧돼지도 성이 차지 않는다. 호랑이 정도는 돼야지.

그렇게 생각한 사람이 이야기를 살짝 바꾸면, 호랑이가 와서 박치기하게 되는 것이다.

최남선은 1926년 1월 1일~2월 11일 동안 일주일에 한 번씩 「호랑이, 조선역사급 민족지상의 호」라는 글을 연재했다. 우리나라 언론인과 연구자의 호랑이에 대한 집요한 애착의 출발이 되는 글이다.

그중 한 편[▶]을 살펴보자.

몰락한 양반이 추노推奴[▶]에 나섰다. 종이 자작일촌自作一村[▶]하고 숨어 사는 곳에 이르렀다. 큰 고개에서 해가 저물기를 기다리고 앉았다.

우레 소리가 산을 울렸다. 번갯불 눈을 하고 범 한 마리가 나타났다. 양반은 혼비백산했다. 한 식경 만에 정신을 차렸다. 범이 그저 있기는 하나 꼼짝 않고 발만 허우적거린다. 살펴본즉 놈이 급히 달려오다 나무들 틈에 끼어 '진퇴유곡'이었다.

호랑이가 나무에 박치기한 것이라면 잠깐 뇌진탕 증세에 시달릴지는 몰라도 금방 정신을 차렸을 테다. 나무 틈에 끼어버려 꼼짝 못 하게 되었다. 양반은 나무에 박치기한 멧돼지 잡은 농부보다도 재수가 좋았다.

그래도 양반이 나름대로 담대한 사람이었다. 나무들 틈에 낀

▶ 『동아일보』 1926. 2. 11.
▶ 외거노비를 찾아가서 몸값을 받아 오거나 도망간 노비를 찾아서 데려오는 일을 이르던 말.
▶ 한집안이나 뜻이 같은 사람끼리 모여서 한마을을 이룸.

범이 죽었는지 살았는지 모르겠지만 양반은 대담하게도 노끈으로 호랑이 불알을 꼭 동여매었다. 칼로 호랑이 불알만 싹 베어 가졌다.

어이없이 잡힌 것도 서러운데 불알까지 베이다니. 호랑이의 한숨 소리가 들리는 듯하다.

보기에 무시무시한 떠꺼머리총각 하나가 총을 들고 숨이 차게 달려왔다. 범이 어디로 가는지 보았느냐고 묻는다. 범 한 마리를 몰다가 놓쳤다며.

"저기 저놈 말이군." 양반이 나무들 틈을 가리켰다.

총각이 곡절을 물었다.

"그까짓 놈, 내 앞으로 지나기에 사로잡았다. 나무 틈에 끼워 놓고 불알을 여기 이렇게 베어 가졌다. 범일랑 네가 몰았다니 가져다 써라."

이래서 조선시대 양반이 욕을 먹었다. 태연자약한 거짓말. 양반 체면에 사실대로 말하기가 겸연쩍을 수도 있다. '범이 와서 그냥 죽었다'고 하면 오히려 안 믿을까 봐 뻥을 친 것일까.

양반은 어두워지자 (부자가 된) 종의 집으로 들어갔다. 양반은 불길한 낌새를 챈다. '추노 간 사람이 흔히 당하는 운명을 따라서, 저희들끼리 공론을 한 뒤에 건넛마을 아무 총각을 불러다 자기를 없애버리기로 한 모양이다.'

도망가서 성공한 종을 찾아갔던 양반들은 종에게 곧잘 살해당했다. 그걸 최남선은 멋들어지게 '추노 간 사람이 흔히 당하는 운명'이라고 표현했다.

양반은 죽는구나 하고 앉아 있었다. 부스스 누군가 들어오는데 아까 그 총각 포수다. 포수가 질겁하고 인사를 여쭈었다.

"샌님 저녁 잡수셨습니까!"

총각 포수가 양반을 죽이기는커녕 허겁지겁 문안만 하고 나오자, 종은 당황했다. 총각 포수가 양반이 범 잡은 이야기를 들려주었다. 종은 범도 우습게 잡은 양반에게 감히 해코지할 마음을 버렸다. 양반에게 속량을 잔뜩 바쳤다. 양반은 졸부가 되었다.

이런 설화가 조선 후기 한문 야담집에 잔뜩 실려 있다. 출처가 분명한 셈이다. 야담집 또한 민간에 떠도는 이야기들을 기록한 것이니 그보다 더 오랜 출처는 알 수 없다.

호랑이가 나무 틈에 끼어 거의 자살한 이야기와 추노 갔다가 무사히 속량 받아 온 이야기 둘로 나눌 수 있다.

앞부분은 아주 옛날부터 전해져 내려왔다기보다는 어느 시대에나 나올 수 있는 이야기다. 이야기라고 할 것도 못 된다. 그냥 농담이다. 요즘 말로 개그다.

뒷부분은 분명히 조선 후기에 만들어진 이야기다. 앞부분의 농담과 조선 후기에 생긴 추노담이 결합되어 민간에 떠돌다가 야담집에 실렸으리라.

야담집에 실린 이야기는 책을 본 사람에 의해 후대로 전파되었다. 듣기만 한 사람 중에 말발이 센 사람이 책을 본 이에게 자기 나름의 창작을 보태기도 했다. 이 사람의 개작이 또 하나의 버전으로 구전되었다. 이 버전은 점점 다양해져 야담집에 나온 것과는 아주 많이 달라졌다. 이런 식으로 구전되다 보니, 갖가지 버전이 생겼다. 여기에다 야담집에 실릴 당시의 또 다른 구전이 어떤 책에도 실리지 않은 상태로 또 한 줄기의 구전을 이뤄나갔다.

일제강점기에 이르러 야담집에 실린 이야기가 각색되어 신문에 실렸다. 또 누군가는 야담집에 실린 것으로부터 다르게 구전된 것을 잡지에 기록했다. 애초에 야담집과는 무관하게 구전되어온 것도 누군가 무슨 책에 기록했다.

최남선은 '거의 자살한 범 덕분에 추노에 성공한 양반' 이야기를 어디서 누군가에게 들었는지 밝히지 않았다. 야담집에서 읽었다는 이야기도 하지 않았다. 최남선은 이 이야기를 어떤 야담집에서 봤을 수도 있고, 누군가에게 들었을 수도 있다.

전래동화의 원조, 원전, 원작, 출처 등은 참으로 따지기 벅찬 일이다.

엎드리기

「호랑이를 잡은 선비」를 보자.

▶ 『한국 전래동화집』 12권.

매일 글만 읽던 선비, 아내에게 쫓겨났다. 돈 벌어 오라고.

연암 박지원의 『허생전』과 비슷한 출발이다. 조선 후기 야담집에는 이런 양반이 다수 출연한다. 양반은 과거 공부든 학문 연구든 글만 읽는 것으로 자존감을 유지했었다. 그런 시대가 가고, 돈이 모든 것의 잣대가 되어갔다. 양반은 글을 읽다가도 섬쩍지근했을 테다. 배가 고프다. 이러다 굶어 죽는 게 아닌가. 돈을 벌어야 한다. 내가 무슨 수로 돈을 벌지? 온갖 궁리를 해보지만 답답할 뿐이다. 오로지 구원은 글에 있다. 공자 왈 맹자 왈 하고 있으면 어쨌든 시간은 간다. 걱정을 잊을 수 있다. 그래서 호랑이 같은 아내, 남편을 돈 벌어 오라고 쫓아버릴 수 있는 아내가 필요했다.

"어디 가서 돈을 벌어 온다?"

선비는 아무런 방책도 생각해내지 못했다.

허생은 너무나도 예외적 선비였다. 장사 밑천을 꾸러 부자를 찾아갈 배포도 없다. 과일이든 제주도 말총갓이든 매점매석해서 여러 사람 눈물 나게 하여 큰돈 벌 궁리도 없다. 가진 것도 생각도 없는 선비는 그저 무작정 걸어갈 수밖에 없었다.

"나는 아무것도 할 줄 모르는데……" 중얼거리며.

선비는 아홉 명의 용감한 사나이들을 만났다. 아홉 장사는 호랑이를 잡겠다고 산으로 달려가는 중이었다. 호랑이를 잡으면 돈이 된다는 것이다. 돈 된다는 소리에 선비도 따라간다.

아무것도 할 줄 모르는 선비가 호랑이 잡는 데 따라가다니, 말이 되는 소리야?

말이 안 된다고 생각한 사람은 좀 더 말이 되는 이야기를 생각했다. 어떻게 하면 말이 되게 선비를 호랑이 앞으로 보낼 수 있겠는가.

자살 의지다. 선비는 확 죽어버리고 싶었다. 호랑이한테 물려 죽자. 호랑이 잡는 데 미끼라도 되자.

아홉 장사는 차례로 호랑이에게 덤비지만 모두 허탕이다. 열 받은 장사들은 괜히 선비를 구박한다.

왜 죄 없는 선비에게 화풀이를 할까? 여러분도 무슨 일 하고 있을 때 일이 어지간히 풀리지 않아서 죽을상인데 누가 구경하고 있으면 화난다. 아홉 장사는 정말 많이 화났던 모양이다. 선비를 호랑이에게 던져버린다.

호랑이도 괴상히 여겼을 테다. 이게 대체 뭔 상황이지? 하여간 호랑이는 선비를 한입에 삼키려고 몸을 날린다.

선비는 무서워서 엎드린다. 조금이라도 늦게 엎드렸다면 호랑이와 포옹할 테다. 호랑이는 절벽 너머로 떨어져 죽는다.

호랑이가 달려올 때 최대한 신속하게 엎드린 것은 본능이다. 등 뒤에 절벽이 있었던 것은 행운이다. 선비는 본능과 행운 덕분에 목숨을 구했다.

이와 같이 호랑이를 잡는 이야기의 대부분은 사람이 뭘 한 경우가 드물다. 대개 호랑이가 스스로 죽어주거나 잡혀준다. 아니면 어처구니없는 실수로 죽거나 잡힌다.

'호랑이를 잡는 101가지 방법'의 90퍼센트는 '호랑이 자살담 + 실수담'이다.

불알을 노끈으로 묶기

『조선동화대집』에 실린 짧은 이야기다.

호랑이가 어린아이를 덮쳤다. 아이는 호랑이 네 다리 사이에 불알 늘어진 것을 살살 긁었다. 호랑이는 굶주림도 잊을 만큼 시원하여 가만히 있었다. 아이는 노끈으로 한쪽은 불알을 묶고 한쪽은 소나무를 묶었다. 호랑이는 불알이 잘려 데굴데굴 구르다가 죽었다.

오 담대한 아이!

어린이, 청소년, 여성 여러분. 호랑이 같은 초악당을 만나면 다른 방법 없습니다. 불알을 차세요. 아무리 힘센 수컷이라도 불알을 얻어맞으면 몇 분 동안 정신 못 차립니다. 영화에서 불알 얻어맞은 조폭이 영화니까 아파하는 거 아닙니다. 진짜로 식 겁하게 아픕니다. 프로야구에서도 불알께 맞은 선수, 한참 정신 못 차립니다. 위급한 순간 불알을 차세요.

이야기에서처럼 노끈이 있다고 해서 불알을 묶으려고 하지는 마세요. 불알을 차고 삼십육계 줄행랑, 도망쳐야 합니다.

▶ (원저)『조선동화대집』, 심의린 엮음, 1926. / (재출간)『조선동화대집』, 최인학 번안, 민속원, 2009.

도끼로 때려잡기

『반만년간 죠션긔담』에 실린 전설이다.

수원 아전 상저가 사냥을 나갔다가 범에게 죽었다. 겨우 15세인 상저의 아들 누백은 산으로 호랑이를 쫓아 올라갔다. 도끼로 찍어 범의 배를 갈라 간을 꺼내 씹었다. 호랑이 고기를 통에 담아 땅에 깊이 묻었다. 아버지 해골과 수족을 거두어 홍법산에 장사 지냈다. 묘 앞에서 삼 년을 지켰다. 거상을 마친 후에 묻어놓았던 호랑이 고기를 꺼내 실컷 먹었다. 혼자 남은 어머니를 지성으로 섬겼다.

열다섯 살짜리가 어떻게? 만화도 아니고. 설화니까 가능하겠지. 하지만 이것은 민담이 아니고 야사다. 민담은 꾸며낸 이야기가 구전된 것이다. 야사는 실제 있었던 사건이 이야기로 구전된 것이다. 야사는 뭐 진실이란 보장이 있나? 어떻게 믿어, 못 믿어!

그런데 다음 기사[▶]를 보자.

> 경기 관찰사가 장계하기를, 가평加平에 사는 김희약金希躍이 머리를 땋아 늘인 아동兒童으로서 그 조부가 호랑이에게 잡힌 것을 보고 도낏자루로 호랑이를 쳐서 조부를 구출하였으니 포장褒奬해 달라고 하였는데, 이를 예조에 내렸다.

▶ (원저) 『반만년간죠션긔담』, 안동수 엮음, 1922. / (재출간) 『조선조말 구전설화집』, 최인학 편저, 박이정, 1999.
▶ 『조선왕조실록』 명종 14년(1559년) 3월 4일.

세계적으로 정확성을 자랑하는 『조선왕조실록』에 나오는 기록이다.

조부를 구출했다는 소리만 나와 있지 호랑이가 죽었다거나 호랑이를 잡았다거나 하는 말은 없다. 호랑이를 잡지는 못했을 가능성이 크다.

그렇다 하더라도 이런 이야기가 살이 붙어 퍼져나가다 보면, '아동이 호랑이를 도끼로 때려잡고 그 고기를 먹었다'로 부풀려지는 것은 시간문제다.

'머리를 땋아 늘인 아동'이니 열네댓은 되었다. 요즘으로 치면 중학생이다. 청소년 나이에 괴력을 발휘한 장사들이 역사에 숱하게 기록되어 있다. 도적의 대명사 임꺽정과 장길산만 해도 머리를 땋아 늘인 시절에 힘자랑이 엄청났다. 임꺽정의 아내 운총과 처남 천왕동 남매는 청소년기에 백두산 호랑이를 사냥하는 게 하루 일과였다. 실제로 열다섯 살 누백처럼 호랑이를 도끼로 때려잡을 수 있는 청소년 천하장사들이 심심치 않게 있었을 테다.

요즘도 청소년 나이에 그 힘을 주체하지 못하여 아무 데서나 힘자랑하는 친구가 허다하다. 힘 좋은 친구는 힘이 좋은 만큼 남아도는 힘을 잘 통제해야 한다. 남아도는 힘을 엉뚱한 데 써서 '사고를 치는' 것이다. 남아도는 힘 허비하는 데 스포츠만 한 게 없다. 괜히 운동하라는 게 아니다.

도끼로 호랑이 앞발 찍기

여자가 호랑이를 타고 다닌 이야기는 많지만, 여자가 호랑이를 잡는 설화는 아마도 이 이야기[1]가 유일하지 않을까.

산촌 한 집의 여자는 호랑이가 외양간 구멍으로 들어오는 것을 도끼로 찍었다. 앞발을 몽땅 잘랐다. 두 발 잘린 호랑이는 같이 왔던 호랑이가 그런 줄 알고 싸움을 걸었다. 두 호랑이는 싸우다 둘 다 죽었다.

그러니까 여자가 직접 호랑이를 잡은 것은 아니다. 멍청한 호랑이끼리 싸우다 죽었다. 여자는 어부지리漁父之利로 얻었을 뿐이다. 그렇다 하더라도 침착하고 냉정하게 앞발을 도끼로 찍은 것을 칭송하지 않을 수 없다.

맨주먹으로 때려잡기

전래동화 최강의 파이터는 '반쪽이'다.

「반쪽이」는 『전래동화 교육의 이론과 실제』의 각색 인기 순위에서 공동 12위를 차지했다.

「반쪽이」에는 호랑이가 나올까 안 나올까?

1926년에 발간된 『조선동화대집』의 「반쪽이」에는 호랑이가 나오지 않는다.

부부가 첫째 아들을 장성시킨 후에 둘째 아들을 낳았다. 배냇

▶ 『조선동화대집』 「호랑이 모집」에서 (9).

병신으로 다리만 둘이고 그 밖의 머리와 몸통은 모두 다른 사람의 절반이다. 비록 반쪽이나 힘은 천하장사. 언제나 기운에 못 이겨 장난이 심하다. 말썽꾸러기 청소년 때문에, 동네 사람 근심 걱정이 이만저만이 아니다.

반쪽이가 하루는 대형 사고를 친다. 토끼가 바위 밑에 숨자, 그 바위를 밀어 인가를 파손했다. 대신 수습한 형은 화가 나 동생을 뒷동산에 끌고 올라가 아름드리 소나무에 묶어놓았다. 반쪽이는 소나무를 뿌리째 뽑아 짊어지고 내려온다.

"우리 집에 정자나무가 없어서 가져왔어요."

반쪽이도 남자인지라 때가 되니 이런 말을 한다.

"장가 보내주세요!"

동네 사람은 물론이고 가족까지 터무니없이 여긴다.

반쪽이는 생각마저 반쪽이 아니다.

'내가 힘 하나는 남부끄러울 것이 없다. 힘으로, 건넛마을 부잣집 딸하고 혼인하겠다.'

이후 부잣집을 상대로 무슨 작전을 펼쳐 결혼에 성공한다. 힘만 센 게 아니고 머리까지 쓸 줄 알았다. 납치된 부잣집 딸은 반쪽이가 마음에 들었는지 행복해한다.

인질이 범죄자에게 동조하고 심지어 사랑까지 하는 심리 상황을 스톡홀름 증후군이라고 한다. 1973년 스웨덴 스톡홀름 무장 은행 강도 사건에서 인질이었던 한 여성이 강도 편을 든 모양인데 그때 생긴 말이란다.

전래동화에는 반쪽이 같은 초악당이 숱하게 나온다. 부잣집 딸을 납치하는 것이다. 그런데 하나같이 해피엔딩으로 끝난다. 납치되었던 여인은 초악당을 사랑하게 된다. 반쪽이도 결국 사랑받았다.

성격이 극단적으로 다른 부부가 잘 살고, 성격이 불과 물처럼 다른 연인이 연애 잘하는 것도 따지고 보면 스톡홀름 증후군이다. 처음엔 저 이해할 수 없는 성격에 인질처럼 끌려다닌다. 어느 결엔가 그 말도 안 되는 성격에 동화된다. 사랑으로 착각하게 된 거다. 사랑 별거 아니다.

스톡홀름 무장 강도보다 반쪽이가 훨씬 먼저다. 증후군 이름을 바꾸자. 반쪽이 증후군으로.

『한국 전래동화집』에는 「반쪽이」가 세 편 나온다.

1권에 나오는 「반쪽이」에는 호랑이가 나오지 않는다. 형이 산에 데려다놓았지만 호랑이는 구경도 못 하고 그냥 고목나무만 뽑아 온다.

11권에 실린 「반쪽이를 장가보낸 종」은 흔히 알려진 '반쪽이 이야기'와는 매우 다르다. 다른 전래동화집에서는 반쪽이가 불구로 태어났지만 최강의 파이터라는 설정이 한결같다. 이 이야기에서만큼은 '반쪽이'가 그저 불구인 양반 도령으로 나온다. 오히려 종이 주인공이다.

종이 신랑으로 위장하여 결혼식을 치른다. 한밤중에 종은 나오고, 대신 반쪽이가 신방으로 들어간다. 종은 나무로 올라가 하느님 흉내를 낸다. 신랑을 반쪽으로 만들었으니 신부에게 잘 데리고 살라고 협박한다는 이야기다. 말하자면 상전을 위하여 충성한 종의 이야기다.

역시 11권에 나오는 「반쪽이와 호랑이」는 소설에 가깝다. 전래동화에는 거의 없는 '캐릭터의 갈등' 양상이 뚜렷하다.

무서운 호랑이가 나타나서 고을에서는 고액의 현상금을 내걸었다. 반쪽이의 큰형이 호랑이를 잡으러 갔다. 산중에서 보기 드문 큰 집을 만나 하룻밤 신세를 졌다. 그 집 주인 영감님이 깔보았다.

"젊은이 혼자 호랑이를 잡을 수 없을걸. 내일 아침 일찍이 밥이나 먹고 돌아가구려."

큰형은 고집을 부린다.

여러분은 이미 눈치를 챘을 테다. 그 주인 영감님이 호랑이다. 다음 날 산속에서 영감님은 재주를 홀딱홀딱 두 번 넘어 호랑이로 변하더니 큰형을 한입에 삼켜버렸다.

작은형도 똑같은 경로를 밟아 영감님(호랑이) 배 속으로 들어갔다.

드디어 반쪽이 차례다. 영감님은 삼 형제의 막내까지 죽이고 싶지 않아 문전박대를 했다. 하지만 반쪽이는 한사코 청하여 찬밥을 얻어먹었다. 그 집 마루 밑에 들어가서 잠들었다. 이튿날 아침 무슨 소리에 잠이 깼다. 호랑이 영감님이 혼자 두런대는 소리였다.

"내 이마의 한가운데만 맞지 않으면 난 죽지 않아. 아직도 몇 천 년은 살 수 있어."

반쪽이는 미련하게도 자기 약점을 발설한 영감이, 아니 호랑이가 불쌍했다. 호랑이가 불쌍하다니 말이 되나? 우리 형님을 둘이나 잡아먹은 저놈을 반드시 잡아야지. 엄청난 힘으로 호랑이 이마 한가운데를 주먹으로 때려 죽였다.

무슨 갈등이 있다는 걸까?

호랑이가 큰형과 작은형을 잡아먹지 않으려고 타이르다가 녀석들이 그래도 개개니 죽일 수밖에 없었다는 고뇌, 그리고 호랑이를 불쌍히 여기면서도 복수를 할 수밖에 없는 반쪽이의 착잡한 심경. 이 정도의 갈등도 전래동화에서는 거의 유일한 사례다.

여러분이 읽은 「반쪽이」는 어떤 반쪽이인가? 아마도 호랑이가 나오는 반쪽이일 테다.

현대 각색자들은 반쪽이의 불우한 신세와 강력한 힘에 주목했을 테다. 반쪽이의 강력한 힘을 증명하기 위해, 무수한 호랑이들이 죽어야 했다.

전래동화에서 맨주먹으로 호랑이를 때려잡는 캐릭터는 반쪽이가 유일하다. 한 마리만 잡으면 부족하다가 여겼는지, 서너 마리를 한꺼번에 잡는 각색도 흔하다.

호랑이는 새끼를 두세 마리씩 낳는다. 새끼가 태어난 후에 암컷과 수컷이 같이 사는 일은 거의 없다. 새끼는 생후 6개월까지 엄마의 보살핌을 받을 수 있다. 이후로는 독립해야 한다. 반쪽이들에게 몰살당하는 호랑이 가족들은 암컷과 새끼 두세 마리였을 테다. 천하장사 반쪽이를 만난 게 호랑이 가족의 불행이었다.

현대 각색 반쪽이들에게 시련은 없다. 타고난 힘과 지혜로 모든 것을 간단히 쟁취한다. 비장애인과 다르게 태어난 장애인을 위로하기 위한 이야기일까.

장애인들은 반쪽이 판타지를 읽고 무슨 생각을 할까.

현실 속의 장애인은 반쪽이처럼 타고난 파이터가 아니다. 사회 시스템으로 배려할 수밖에 없다.

가끔 장애인을 다룬 영화가 흥행하곤 한다. 흥행하지는 않더라도 꾸준히 만들어지고 의미 있는 평가를 받는다. 그런 영화가 장애인과 장애인을 안타깝게 여기는 사람을 위안하는 데 그치지 않고, 장애인도 마음껏 살아볼 수 있는 사회 시스템을 구축하는데 기여했으면 좋겠다.

돌발 퀴즈.

중국『수호지』의 무송.

일제강점기 홍명희의 대하 역사소설『임꺽정』에 나오는 임꺽정 말고 소금 장수 길막봉.

1970년대 집필된 황석영의 대하 역사소설 『장길산』에 나오는 소금 장수 강선홍.

2018년에 완간된 김성동의 장편소설 『국수』에 나오는 노비 만동.

위 네 캐릭터의 공통점은?

맨손으로 호랑이를 때려잡았다는 것이다.

지금은 거의 안 읽히지만, 1970~1980년대에 대하 역사소설이 활발히 읽혔다. 웬만한 잡지, 신문마다 대하 역사소설을 연재했다. 웬만한 작가는 다 썼고, 책으로 나오면 불티나게 팔렸다. 거의 모든 역사소설에 맨주먹으로 호랑이 잡는 캐릭터가 등장했다. 설마 『수호지』 무송을 모델로 삼은 것은 아닐 테다. 반쪽이를 모델로 삼았던 것은 아닌지.

고전소설로 범위를 넓히면, 슈퍼 히어로급 캐릭터가 있다. 맨주먹으로 호랑이 잡는 건 기본. 반쪽이를 훌쩍 능가한다.

기본적으로 구름을 불러 타고 하늘을 날아다녔다. 각종 도술을 자유자재로 펼쳤다. 변신도 식은 죽 먹기였다. 시대 순으로 배열하면 최치원, 홍길동, 전우치, 사명당, 박씨 부인…….

화살 쏘기

총이 없는 시대에는 무엇으로 호랑이를 잡았을까? 당연히 '활'이나 '창'이라고 대답할 테다.

전래동화에서는 활이나 창으로 호랑이 잡은 이야기를 찾아보기 힘들다. 총으로 잡은 이야기도 거의 없다. 「금강산과 유복이」가 생각날 테지만, 유복이가 총으로 잡은 것은 잔챙이 네 마리고 두목 호랑이는 다른 방법으로 잡는다.

왜 당연한 방법으로 잡은 이야기는 거의 없을까.

이상하게 들리겠지만, 잔인하지 않기 때문일 수도 있다. 전래동화에는 잔인한 이야기 천지다. 호랑이치고 잔인하게 안 죽은 호랑이가 없다. 현대 동화의 잔인성에 대해서 학부모들은 기겁한다. 작가도 욕먹고 출판사도 욕먹는다. 그런데 전래동화의 잔인성을 문제 삼는 학부모를 거의 본 적이 없다. 하여간 독자는 잔인하지 않으면 '재미없다'고 하는 것이다.

말 그대로 당연하기 때문일 수도 있다. 사람은 자기도 뻔히 알고 있는 이야기를 들으면 재미없어 하고 지루해한다.

활로 호랑이를 쏘아 잡았다.

창으로 호랑이를 찔러 죽였다.

총으로 호랑이를 맞춰 잡았다.

이런 이야기들은 들으면 이렇게 반응하지 않을까.

쐈으니 맞아 죽었겠지. 찌르니 찔려 죽었겠지. 당연한 이야기를 왜 하는 거요? 어쩌라고?

〈대왕 세종〉▪이라는 사극 드라마가 있었다. 대중은 '세종대왕'을 우리나라 역사상 최고의 군주로 칭송하고 존경한다. 그

▶ KBS 2TV, 2008. 1. 5~2008. 11. 16, 86부작.

분의 이야기를 궁금해하지는 않는다. 세종대왕은 훌륭한 일을 엄청 하셨다. 한글을 만드셨다. 자식도 스무 명 넘게 낳으셨다. 태평성대를 이끄셨다. 그런 성인에게 무슨 굴곡진 이야기가 있을 거라고 생각하지를 않는다. 완벽한 남자에게 무슨 재미난 이야기가 있겠는가?

드라마는 무던히도 애를 썼다. 세종 대에도 진보·보수 간의 싸움이 첨예했다. 게다가 중국의 견제로 항시 대외적 긴장감이 넘쳐흘렀다. 세종한테 개개는 신하들도 많았다. 한글이나 신기전을 만든 것은 거의 목숨을 거는 일이었다. 그 누가 세종대왕 통치기를 태평성대라고 부른단 말인가. 그때도 긴장과 갈등의 파노라마였다.

하지만 시청자는 철저히 외면했다. 시청률이 바닥을 헤맸다. 시청률이 저조한 데에는 여러 가지 이유가 있겠다.

시청자의 선입견이 결정적이지 않았을까. 무슨 흥미로운 일이 있었겠어? 계속 학문하고 선정 펴는 이야기만 나오겠지!

전래동화에서도 활을 쏘았더니 호랑이가 맞아 죽었다, 이런 식의 이야기는 어린이들에게 흥미를 주지 못한다. 어린이가 책을 읽는 데 너무나도 큰 영향을 끼치는 학부모와 선생님에게도 매력을 주지 못한다. 학부모와 선생님도 자기가 흥미로워야 아이들에게 권한다. 활로 쏴서 잡더라도 평범하지 않은 사연이 가미되어야 한다.

'고양이가 아직 이 나라에 존재하지 않았을 때의 이야기입니다'로 시작하는 『백두산 민담』(전2권)▶ 한 편을 보자.

궁수는 한양에서 열리는 활쏘기 대회에 나갈 작정이다. 점집에 찾아가서 자식의 장래에 대하여 이 말 저 말 들어야 안심하는 부모들이 계시다. 궁수도 불안한 마음에 점쟁이를 찾아갔다. 점쟁이에게 예언 비슷한 것을 듣는다. 자세히 이야기하기엔 골치 아프니 생략하자.

점쟁이의 예언대로, 길을 가다가 한 여인을 만난다. '눈이 부실 만큼 독특한 아름다움을 갖춘' 여인이었다. 바로 그 여인의 집에 가서 혼례를 치른다. 전광석화다.

한밤중에 문득 잠을 깼다. 자기 곁에는 젊은 암호랑이가 잠들어 있었다. 조금 떨어진 곳에는 늙고 커다란 암수 호랑이 두 마리가 잠들어 있는 게 아닌가. 겁에 질려 두 눈을 감고 말았다. 다시 눈을 떠 보니 잠들기 전과 마찬가지로 아내와 장인 장모다.

한방에서 신랑 신부가 장인 장모와 같이 잔 모양이다.

날이 밝았다. 아내는 활쏘기 대회에 나가는 남편에게 이러쿵저러쿵 이야기한다. 궁수는 아내가 당부했던 대로, 활쏘기 대회장에 난데없이 노새를 타고 나타난 세 사람을 향해 화살 한 대씩을 날린다. 무조건 명중이다. 화살 맞아 죽은 세 사람은 사람이 아니고 호랑이였다. 늙은 호랑이 암수 두 마리와 젊은 암호랑이 한 마리.

▶ 김녹양 번역, 창비, 1987. / (원저) 『조선설화』 가린 미하일롭스키, 러시아, 1904.

그러니까 궁수의 실력이 뛰어나서 호랑이를 맞춘 게 아니다. 호랑이가 자살한 것과 다름없다. 암호랑이는 아침에 부모님과 자신을 죽여달라고, 죽여주어야만 한다고 신신당부했던 것이다. 글쎄, 일가족은 왜 죽어야만 했단 말인가.

전래동화는 까닭을 알려주지 않는다. 독자의 상상에 맡긴다는 건가?

암튼 호랑이 가족은 듣도 보도 못 한 궁수에게 명예와 부를 안겨준다. 궁수는 로또 맞았다.

궁수는 암호랑이의 배를 갈라 그 속에서 잘생긴 두 마리 새끼 호랑이를 꺼낸다. 나중에 전쟁이 일어났을 때, 궁수의 아들인 새끼 호랑이들이 쥐들을 동원했다. 적군의 활시위와 활을 모두 갉아 끊어버렸다. 적의 군량과 신발을 모두 먹어치우게 했다.

이 호랑이 새끼들의 자손이 고양이란다. 그래서 「고양이의 기원」 혹은 「고양이는 어떻게 해서 생겼나」다.

전래동화 중 가장 납득하기 힘든 이야기 중 하나다. 호랑이가 화살을 쏘아달라고 신신당부한 것도 모자라 날아오는 화살에 정확히 맞아주었다니. 자살이 아니고 뭔가.

이처럼 화살로 호랑이 잡았다는 이야기는 대개 호랑이가 자살한 이야기다. 호랑이 일가족이 아무개에게 로또 수준의 행운까지 안기면서 집단 자살을 해야 했던 이유는 알 수 없다.

어쩌면 처갓집을 몰살시키고 출세한 사위를 풍자하기 위한 이야기일 수도 있다.

과거 양반은 사색당파로 나뉘어 때로는 왕과, 때로는 내시와 환관, 때로는 자기들끼리 치열한 싸움을 벌였다. 와중에 이런 경우가 많았다. 사위 잘못 만나서 집안이 몰살당한다. 삼족을 멸하는 악독한 연좌제 형벌 때문이었다. 그리고 사위의 배신으로 처가만 몰살하고 사위는 혼자 부귀를 얻는 경우가 있었다. 배신으로 영달한 사위의 자식은 사람일 수도 없고 호랑일 수도 없어 고양이가 될 수밖에 없었을까.

목 안에 창 찔러 넣기

함경도 길주군에는 호랑이 사냥꾼 모임이 있었다. 회원은 모두 부유했다.

지금은 가난한 사람도 많이 친다지만, 과거의 골프는 부자와 태극 낭자나 치는 것이었다. 호랑이 사냥도 부자나 즐기는 레포츠였나 보다. 그랬을 것이다. 호랑이를 사냥하려면 얼마나 많은 장비와 치장이 필요했겠는가. 요새도 자전거나 등산, 함부로 못 한다. 비싼 자전거와 값나가는 등산복이 필요하다.

지지리 가난한 청년이 자기도 끼워달라고 부탁했다. 부자는 가난뱅이랑 같이 노는 거 싫어한다. 금수저들이 흙수저를 끼워줄 리 없다. 열 받은 청년은 혼자 사냥에 나섰다.

이야기랄 것도 없다. 청년은 자기 손으로 만든 멋진 쇠창을 있는 힘을 다해 암호랑이의 목 안으로 찔러 넣었다. 암호랑이

의 배우자 수호랑이가 질주해왔다. 역시 목 안에 창을 찔러 넣어 죽였다.▶

람보 청년이 다음에 할 일은 뻔하다. 부자 사냥꾼들에게 자랑하는 것이다.

전래동화 중에 창으로 호랑이 잡은 드문 이야기 중 하나다. 여기서의 창은 짧은 창, 단창이었을 테다.

바지 뒤집어씌우기

갑자기 호랑이를 만나면 어떻게 해야 할까. '해와 달님이 된 오누이'처럼 일단 나무 위로 올라가는 수밖에 없다. 나무 위로 올라간 다음에는? 나무 위로 따라 오르려는 호랑이를 방어해야 한다. 방어하다가 호랑이를 잡는 재수가 생길 수도 있다.

그래서 여러 가지 방법을 생각하게 되었다.

산촌에서 호랑이를 만난 농부는 큰 나무로 기어 올라갔다. 바지를 벗어 호랑이 대가리에 씌웠다. 앞을 못 보게 된 호랑이는 앞발을 허우적거리다가 나무 밑으로 뚝 떨어졌다. 호랑이 새끼들이 바지 뒤집어쓴 제 어미를 몰라보고 깨물어 죽였다. 농부는 굵은 나뭇가지를 꺾어 새끼들까지 두들겨 죽였다.▶

잔인한 이야기다. 아무리 호랑이 이야기라지만, 새끼가 어미를 몰라보고 죽이다니. 명색이 '동화집'인데, 이렇게 잔인한 이

▶ 『백두산 민담』 1권, 「호랑이 사냥꾼들」
▶ 『조선동화대집』 「호랑이 모집」에서 (2).

야기가 아무렇지도 않게 실려 있었다.

전래동화 속 호랑이는 나무를 타지 못한다. 참기름을 바르고 올라갔다가 미끄러지고 도끼로 찍으면서 올라갔던 호랑이는 있었다. 그냥 기어 올라가는 데 성공한 호랑이는 없었다. 사람은 나무로밖에 도망갈 수밖에 없었다. 호랑이가 나무까지 잘 탔다면 수없이 많은 호랑이 이야기가 탄생하지 않았을 테다.

사실 진짜 호랑이는 나무만 못 타는 게 아니다. 평지에서도 사냥 능력이 형편없다. 스무 번 시도해 겨우 한 번 성공하는 정도. 평지도 아닌 나무에 있는 사냥감은 그야말로 '그림의 떡'이었을 테다.

방귀 뀌고 똥 싸기

방귀 뀌어서 호랑이를 잡는 이야기도 심심찮다. 나무를 쫓아 올라오던 호랑이가 방귀 소리에 놀라서 떨어져 죽는다는 이야기들. 방귀가 모자라 똥을 싸기도 했다.

방귀 하면, 「방귀며느리」다. 방귀며느리의 스펙터클한 방귀 솜씨를 생각하면, 방귀로 호랑이를 잡을 수도 있겠다. 어쨌거나 방귀가 얼마나 훌륭한 것인지 보여주는 이야기들은, 방귀 자주 뀐다고 타박받는 사람이 꾸며낸 이야기일까?

피리 불기

이번엔 좀 예술적인 방법이다.

호랑이들은 나무 꼭대기로 도망친 나무꾼을 잡기 위해 합동 작전을 펼친다. 여러 마리 호랑이가 목말을 태워 호랑이 사다리를 만든 것이다.

나무꾼은 죽기 전에 마지막으로 피리나 불어보기로 한다. 그 피리 소리에 호랑이 한 마리가 춤을 춘다. 하필이면 맨 밑에 있는 호랑이가 음률을 아는 호랑이였다. 피리 소리만 들리면 무당이 굿할 때처럼 춤출 수밖에 없는 호랑이. 이 가무를 아는 호랑이가 무아지경으로 춤을 춰대는 바람에, 목말을 타고 있던 호랑이들은 추락사고로 전멸했다.

이 황당한 이야기는 인기가 좋아 전래동화 시리즈에 꼭 끼어 있다. 여러분이 '춤추는 호랑이' '무당 호랑이' 등의 제목으로 읽은 이야기다. 호랑이 관점으로 말하자면, 풍류를 아는 놈 하나 때문에 떼죽음을 당했다. 맨 밑에서 춤추던 무당 호랑이 혼자 살았느냐고? 그랬다고 한다. 나쁜 놈!

춤바람이 나서 가산을 탕진하고 가족의 삶까지 엉망진창으로 만들어버린 일부 현대인을 풍자하는 듯하다.

호랑이의 관점으로 말하자면 전래동화 사상 유일무이한 협동 작전이었다. 원래 호랑이는 홀로 사냥한다! 협동한 호랑이를 무수히 죽인 이 동화의 교훈은 쓸데없이 협동을 하지 말라는

▶ 『조선설화집』 「무당 호랑이」

것일까.

나무꾼의 피리 소리가 들리지 않을 때까지, 무당 호랑이는 춤만 춰댔다. 친구 혹은 가족의 시체 앞에서.

우리는 별생각 없이 전래동화의 내용을 착하게 좋게 해석한다. 하지만 조금만 따져보면 참으로 끔찍한 이야기가 많다. 이런 이야기에 무슨 동심童心이 있단 말인가. 우리가 믿어온 굳건한 믿음— 전래동화는 어린이를 위한 이야기였다—이 잘못된 것은 아닐까.

원래 어린이를 위한 이야기 따위는 없었다. 남녀노소 즐기는 이야기가 있었을 뿐이다.

그런 끔찍한 이야기를 즐겼다는 것이 의아하겠지만, 즐김(같이 재미있어함) 말고는 설명이 안 되는 이야기가 너무 많다.

나뭇잎에 끈적한 것 발라놓기

「미련한 호랑이」▶는 인도 호랑이였다.

인도에도 호랑이 잡는 방법이 여러 가지 있지만 그중에서도 한 가지, 우습게 잡는 법이 있다. 큰 나무 잎사귀를 많이 모은다. 잎사귀에다가 송진과 같은 몹시 끈끈한 것을 온통 바른다. 호랑이가 잘 지나다니는 곳에 깔아놓는다. 사냥꾼은 조금 떨어진 곳에 숨는다.

▶ 「동아일보」 1935. 5. 19.

호랑이가 그 근처를 돌아다니는 동안 자연히 잎사귀를 밟게 된다. 잎사귀는 호랑이 발바닥에 찰싹 달라붙는다. 호랑이는 거북해서 발을 몹시 구른다. 잎사귀는 좀처럼 떨어지지 않는다. 급기야 호랑이는 발바닥을 머리에다가 비빈다. 끈적끈적한 것이 눈에 들어가고 귀에 붙고 수염에 엉킨다. 호랑이는 괴로워 땅바닥을 뒹군다. 뒹굴수록 끈적한 잎사귀는 더욱 붙는다. 나중에는 미친 호랑이같이 되고 눈이 엉겨 붙어 앞을 잘 못 보게 된다. 이 때를 기다려 활로 쏜다. 굳이 활로 쏘지 않고, 조금만 더 기다리면 호랑이는 죽어버리고 말 테다.

인도에 사는 호랑이는 벵골호랑이다. 1988년 서울올림픽 즈음에 미국에서 시베리아호랑이를 사 왔다. 그 전까지 남한의 모든 동물원에 있는 호랑이는 벵골호랑이였다. 지금도 몇 마리 빼고는 다 벵골호랑이다. 인도 사람도 호랑이 잡는 법깨나 연구한 모양이다.

나무 밑에 칼 박아놓고 멍석 깔아놓기

「부자가 된 소금 장수」▶에 나오는 방법은 임기응변이 아니다. 호랑이를 잡겠다는 사냥 의지가 요구되는 프로의 방식이다. 2인 1조 작전이다.

주막 주인장이 큰돈을 벌게 해주겠다며 소금 장수를 나무에

▶ 『한국 전래동화집』 1권.

오르게 한다.

하필이면 소금 장수인 이유는 조선시대에 자유롭게 돌아다닐 수 있는 사람은 뭐 팔러 다니는 사람이었기 때문이다. 또한 소금 장수는 그토록 무거운 소금 짐을 이고 다닐 정도로 힘이 장사였다. 그래서 대하소설에 나오는 맨주먹으로 호랑이를 때려잡은 이들이 대개 소금 장수였던 것이다.

소금 장수가 나무에 오르자, 주인장은 나무 밑에 부엌칼을 잔뜩 박아놓고 멍석을 깔아놓는다. 밤이 깊자 온갖 짐승이 사람 냄새를 맡고 나무 밑으로 몰려왔다. 다음 날 아침, 살펴보니 나무 밑에 호랑이, 늑대, 곰 등등 수십 마리의 짐승들이 칼끝에 찔려 죽어 있었다.

아무리 동화라지만 너무하다는 생각이 들 때가 숱하다. 호랑이는 산중의 왕이다. 호랑이가 먹겠다고 나타나면 다른 맹수들은 접근 금지가 상식이다. 어떻게 수십 마리가 몰려 있을 수 있나. 이야기를 구전하는 사람의 욕심이 자못 크다. 호랑이 한 마리만 잡아도 될 텐데, 호랑이, 늑대, 곰 종류도 다양하게 수십 마리를 잡아야 직성이 풀린다. 다다익선?

똥구멍에 나팔 혹은 피리 쑤셔 박기

연주가가 보면 기겁할 이야기[*]가 있다. 호랑이 만나 살려면

▶ 『한국 전래동화집』 2권, 「똥구멍에서 나팔 부는 호랑이」

어쩔 수 없다.

이것은 대개 평지나 바위에서 만났을 때 쓰는 방법이란다. 누워 자고 있는데 기분이 이상해서 살짝 눈을 떠 보니 호랑이가 있는 것이다.

이 전래동화가 성립하기 위해서 '원래 호랑이란 놈은 죽은 사람이나 술에 취하여 정신 잃은 사람은 안 잡아먹는다'라는 전제가 필요하다. 옛날 사람은 호랑이가 나타날지도 모르는 곳에서도 겁 없이 잠들곤 했나 보다. 뭐 피곤하고 술 취했으면 도리 없다. 술 취한 어른을 보라. 아무 데서나 잔다.

하여간 호랑이는 그냥 먹을 수 없으므로 시냇물까지 갔다 온다. 꼬리에 적셔 온 물로 사람을 깨운 뒤에 먹으려는 것이다. 즉 호랑이가 엉덩이 쪽을 사람 쪽으로 들이대게 된다. 덕분에 사람은 호랑이 똥구멍에 뭔가를 박아 넣을 수 있다. 피리를 넣으면 피리 소리가 나고 나팔을 박으면 뛰뛰뛰뛰 나팔 소리가 난다. 그러고 돌아다니다 사망한다.

담뱃대로 코 찌르기

호랑이가 자고 있는 사람 놔두고 꼬리에 물 축이러 갔다 온다는 둥, 엉덩이부터 드민다는 둥 이따위는 말이 안 된다고 생각한 사람도 있었을 테다. 정면에서 호랑이를 잡을 방법은 없을까.

늘 가지고 다니던 담뱃대가 있었다. 담뱃대로 어디를 찔러야 호랑이가 죽지는 않더라도 놀라서 가버릴까. 코를 꽉 찔렀는데 콧구멍에 정확히 박혔다. 긴 담뱃대가 코에 찔려 있으니, 호랑이는 아무것도 먹을 수가 없어 굶어 죽을 수밖에 없었다.

요즘 전래동화책에는 담뱃대로 호랑이 잡는 이야기가 없다. 아마도 '담배'가 나와서 일 테다. 어느 학부모가 '담배' 나오는 전래동화를 아이에게 사주려고 하겠는가.

담배는 또 하나의 증거가 된다.▶ 우리는 아무 생각 없이 전래동화가 아주 오래전부터 입에서 입으로 전해져 내려온 구전설화라고 믿어 의심치 않는다. 조금만 따져보면 만들어진 지 채 520년이 안 된 이야기가 태반이다.

똥구멍에 왼손 쑤셔 넣고 내장 빼내기

호랑이가 손자를 물어 갔다. 할아버지는 용감하게 호랑이 굴을 찾아갔다. 어미 아비 호랑이는 어디 가고 없고 새끼 호랑이 두 마리만 있다. 호랑이 새끼들은 사람 아이의 등에서 나는 피를 빨아 먹고 있었다. 할아버지는 기가 막혀 호랑이 새끼의 머리를 몽둥이로 갈겨서 박살을 냈다.

그리고 굴에서 잠들었다. 손자 보는 것은 서툴지만, 담력이 세고, 아무 데서나 잘도 자는 어르신이다.

▶ 광해군 10년 전후(1608~1618)에 일본에서 들어와 전래되었다는 것이 우리나라 담배 유입의 일반적인 통설이다.

오싹해서 깼다. 아, 이런, 호랑이가 꼬랑지를 내밀고 뒷걸음쳐서 들어온다.

이 상황을 위해선 이런 전제가 필요하다. 호랑이는 제 굴속에 들어올 때 꼬랑지부터 집어넣는 법이거든요. 믿거나 말거나! 암튼 그래야 호랑이 똥구멍을 공격할 수 있다.

할아버지는 오른손으로 호랑이 꼬리를 세차게 움켜잡았다. 왼손은 똥구멍에다가 쿡 집어넣어서 닥치는 대로 움켜잡고 사정없이 잡아당겼다. 이윽고 호랑이 창자가 딸려 나왔다.▶

통나무 속에 들어가 꼬리 묶어놓기

한꺼번에 「호랑이 두 마리를 잡은 비결」▶도 있다.

소년이 들어가 있을 만큼 큰 나무통이 필요하다. 소년은 산에 가서 큰 나무를 베어다가 사람이 하나 들어갈 수 있을 만한 길쭉한 통을 만들었다. 동화는 참 편하다. 전문 목수가 해도 하루는 걸릴 일을 순식간에 해치워버린다.

그 다음엔 산토끼를 잡아 구워서 호랑이를 유인한다. 호랑이 암놈 수놈이 나타난다. 소년은 통 속에 숨는다. 두 호랑이는 양쪽에 포진한다. 호랑이들이 늘 그렇듯이 통나무를 향해 꼬리 달린 엉덩이 쪽부터 들이대면, 두 꼬리를 삼끈으로 칭칭 감는다.

준비해 간 꽹과리를 친다.

▶ 『한국 전래동화집』 14권, 「호랑이 잡은 할아버지」
▶ 『한국 전래동화집』 13권.

언제 꽹과리를 준비해 갔지? 전래동화를 읽을 때 이렇게 따지면 읽을 수가 없다. 그냥 그러려니 읽어야 한다.

하여간 꽹과리 소리에 놀란 두 호랑이는 도무지 정신 못 차리고 발광한다.

이걸로 끝이 아니다. 소년은 나무통의 한쪽을 따고 밖으로 나와서는, 나무통을 산기슭으로 데굴데굴 굴린다. 호랑이 이마에 금이 가고, 그 금이 차츰 벌어지더니 가죽이 홀랑 벗겨진다. 호랑이 몸뚱이가 쑥 빠져나간다.

아, 죽여도 꼭 이토록 비참하게 죽여야 속이 시원한 걸까.

강아지에 참기름을 바른 뒤 기다란 줄에 묶어놓기

개를 사랑하는 분들이 경악할 만한 이야기▶도 있다.

강아지 한 마리에 기름칠을 한다. 들기름도 있을 텐데 각색자들은 압도적으로 참기름 쪽이다. 강아지를 긴 노끈에 묶어 나무에 매어둔다. 끈은 길면 길수록 좋다. 호랑이가 맛있는 강아지를 한입에 꿀떡 삼킨다. 호랑이 창자를 놀이공원 열차 타듯 통과한 강아지는 호랑이 똥구멍으로 빠져나온다. 호랑이는 끈에 꿰었다.

어찌 한 마리로 만족할 것인가. 또 다른 호랑이가 와서 강아지를 삼킨다. 또 꿰다. 호랑이가 살아 있었다면 동족에게 경고

▶ 『조선동화대집』「호랑이 모집」에서 (3).

했을 것이다. 호랑이여, 눈이 없단 말인가. 동족이 끈에 꿰어 죽어 있는 걸 보면 눈치를 채야지. 어쩌자고 계속 강아지를 삼킨단 말인가. 하여간 그렇게 하여 호랑이를 '곶감 꼬치와 같이' 많이 잡는다.

배 속에서 괴롭히기

호랑이를 잡으려면 호랑이 굴로 들어가야 한다는 속담이 있다. 그래서 전래동화 속에 호랑이 굴로 들어간 사람이 그렇게나 많은 것이다.

더 심한 속담이 있다. 호랑이를 잡으려면 호랑이 배 속으로 들어가야 한다. 그래서 호랑이 배 속으로 들어가 호랑이를 잡은 설화도 부지기수다. 오히려 호랑이 배 속으로 들어간 설화가 더 많은 것 같다.

이왕 허풍 칠 것, 호랑이 굴로 들어갔다네, 긴가민가하게 설정하기보다는, 이건 완전 뻥이여, 전제하고 배 속으로 들어가 버렸던 것이다.

물론 자발적으로 호랑이 배 속으로 들어간 경우는 드물고 대부분 호랑이에게 삼켜졌다.

호랑이에게 먹혀도 정신만 차리면 산다는 거다.

호랑이 배 속에서 할 수 있는 일은 그다지 많지 않아 대동소이할 수밖에 없다.

항아리 장수가 호랑이를 만난다.▶ 장사꾼은 놀라서 항아리 속으로 기어 들어갔다. 배가 무척 고팠던 호랑이는 항아리째 삼켜버렸다. 장사꾼은 호랑이 배 속에서 촛불을 켰다. 담배를 먹고 재를 떨었다. 장사꾼은 칼로 내장 고기를 저미어 먹었다. 배부르게 며칠 동안 지냈다. 고기를 하도 많이 베어 먹어 배에 구멍이 뚫렸다. 장사꾼이 기어 나왔다.

일제강점기까지는 '담배 먹고'가 일상적인 표현이었다. 조선 시대 사람이 곰방대로 흡연하는 그림이나 사진을 본 적이 있을 테다. 곰방대 흡연 시에는 '담배 먹다'라는 표현을 썼다. 현대 담배 '궐련'으로 흡연할 때는 '담배 피다'라는 표현을 썼다. 일제강점기에는 궐련보다 곰방대가 우세했다. 그래서 '호랑이 담배 피던 시절'이 아니고, '호랑이 담배 먹던 시절'로 옛이야기는 시작되었다.

따라서 '호랑이 담배 먹던 시절'로 시작되는 이야기일수록 '호랑이 담배 피던 시절' 이야기보다 먼저 생긴 버전이라고 추측할 수 있다.

두 사람이 들어가면 더 많은 일을 할 수 있다. 소금 장수와 숯 장수가 호랑이 배 속에 들어간 이야기▶가 있다. 두 사람은 호랑이 내장을 베어 먹고 숯으로 불을 피웠다. 소금 장수는 호랑이 배 속에 소금까지 뿌렸다. 구멍이 안 뚫렸는지 두 사람은 죽은

▶ 『조선동화대집』 「호랑이 모집」에서 (5).
▶ 『한국 전래동화집』 12권, 「호랑이 배 속에서 만난 사람들」

호랑이 똥구멍으로 기어 나온다.

호랑이 배 속에서 살아남기 방담 중에서 가장 스케일이 큰 이야기는 아마도 가장 오래된 동화집에 실린 「꾀 많은 사람」[1]이다. 『백두산 민담』은 대한제국 시기에 백두산을 늘 바라보고 사는 사람에게서 채집한 이야기집이다. 백두산의 영향인지 이야기마다 스케일이 크다. 허풍이 세다.

어떤 부자가 자신이 꾀 많은 사람이라는 믿을 만한 증거를 보이는 사람에게 자신의 모든 재산과 어여쁜 외동딸을 주겠노라 광고했다. 젊은 사냥꾼이 응시했다. 꾀 많음을 증명할 방법으로 제시된 문제는, 맙소사!

'한 달 기한 내에 호랑이 가죽 백 장을 가져오라!'.

일제강점기 동화에 나오는 '문제'라는 낱말을 보면, 우리가 흔히 아는 그 문제가 아닌 듯하다.

질문이 있고 그에 대한 답을 네 개나 다섯 개 중에서 고르는 것, 단답형으로 쓰는 것, 길게 서술하는 것, 이게 우리가 아는 문제다.

이 동화에서의 문제는 여러분이 좋아하는 게임에서 흔히 나오는 '미션'이다. 문제는 답을 물어보는 게 아니라 뭔가를 해결하라는 것이었다.

사람들이 말린다. 그 산에는 지금 호랑이의 왕이 있다네. 수

[1] 『백두산 민담』(전2권).

천 마리의 호랑이들을 거느리고 있다네.

젊은이는 듣지 않고 백두산에 올라간다. 보통 호랑이보다 몇 배나 큰 호랑이 왕은 젊은이를 한입에 꿀꺽 삼킨다. 자발적으로 먹힌 건지, 싸우려고 했지만 싸워보지도 못하고 먹힌 건지는 알 수 없다.

배 속 젊은이는 밧줄로 다른 내장으로 통하는 부분을 꽁꽁 묶었다. 칼로 호랑이 왕의 간을 긁어댔다. 음, 작전상 잡아먹혔던 모양이다!

호랑이 왕은 사납게 날뛰며 부하 호랑이들을 물어 죽였다. 왕이 미치면 신하들을 마구잡이로 죽인다는 풍자일까. 젊은이는 아흔아홉까지 헤아렸다. 밖이 보이지는 않았을 테고 호랑이들이 죽어가며 내지르는 소리를 세었나? 호랑이 왕의 심장을 칼로 찔렀다.

다음엔 뭐, 당연히 호랑이 배를 가르고 밖으로 나왔다. 간단히 호랑이 가죽 백 장을 얻었다. 『백두산 민담』의 스케일이 이와 같다. 이왕 잡는 거 한꺼번에 백 마리는 잡는다.

실은 더 굉장한 스케일도 있다.

주인공은 난쟁이다. 보통 난쟁이가 아니라 참기름 바른 강아지보다도 작은 난쟁이▶다. 사람의 손바닥 위에서도 넉넉히 춤을 출 수 있을 만큼 작았다. 외래 동화, 이를테면 『엄지공주』『걸

▶ 『조선전래동화집』「난쟁이의 범 사냥」

리버 여행기』 같은 게 떠오를 수도 있겠다.

난쟁이는 용감한 일을 밥 먹기보다 좋아했다. 이 난쟁이가 호랑이를 잡겠다고 산에 오른다. 마침 산과 산 사이 움푹한 곳에 수천 마리 범이 모여 있다. 우쭐우쭐 춤을 추는 놈, 술을 마시고 헤롱대는 놈, 노래하는 놈……. 그날은 바로 왕범의 생일이었던 거다.

"이놈들, 꼼짝 말고 있거라! 모조리 잡아가겠다."

난쟁이가 큰소리치며 수천 마리 호랑이 복판으로 뛰어들었다. 왕범은 난쟁이 사람이 귀여워 갖고 논다. '자꾸 먹고 싶어서 혀가 끊어질 것 같았다.' 난쟁이를 간장에 담갔다가 홀딱 입에 넣었다.

호랑이 배 속에 들어간 난쟁이는 내장을 닥치는 대로 베어 먹었다. 그토록 작은 사람이 위는 엄청 컸나 보다. 왕범은 미쳐버렸다. 미친 왕범은 수천 마리의 호랑이들을 다 죽였다.

시시하게 가죽 백 장이라니. 수천 장은 얻어야지.

호랑이로부터 무사한 방법

그런데 호랑이를 만났을 때, 호랑이를 잡는다는 게 말이 되는가. 그런 비현실적인 생각보다 현실적인 생각, 호랑이로부터 무사한 방법도 꾸준하게 연구되었을 테다.

물건을 흔들어 호랑이 쫓는다는 이야기들. 말 그대로 뭔가를 흔들고 있으면 호랑이가 다가오지 않을 것이라는 기대를 담고 있다.

옛날 동화는 주로 기왓장을 흔들었다. 요즘 동화는 기왓장을 설명하기가 어려워서 그런지 주로 지팡이를 흔든다. 이 사람이 저 사람에게 떠넘기는 이야기들은 뭘 흔드는 이야기들이 변형된 것이리라.

물론 담뱃대를 흔들 수도 있지만 전래동화에서는 읽기 어렵다. 왜, 담배 피는 도구니까.

뭘 흔들어서 호랑이가 다가오지 않는다면, 도망가면 되지 계속 흔들고 있다는 게 말이 돼?

호랑이 꼬리를 잡고 있다면 모를까. 그래서 몇 년씩 호랑이 꼬리를 잡고 있는 것도 모자라, 그걸 서로에게 넘겨준다는 이야기들도 있다.

우리도 초악당이 나타났을 때 스마트폰을 흔들고 있으면 그들이 다가오지 않을까?

19금

음탕하고 도리에 어긋나는 이야기를 음담패설淫談悖說이라고 한다. 호랑이를 잡거나 피하는 방법을 담은 이야기 중에도 음담패설이 얼마든지 있었다. 호랑이 연구서▶에 실린 「벌거벗

▶ 『한국 호랑이』 김호근·윤열수 엮음, 열화당, 1986.

은 신부와 호랑이」가 예다. '여자가 호랑이를 만났을 때 대처 방법'이라고 할 수 있는데, 차마 옮길 수가 없다.

당연히, 음담패설 민담은 전래동화책에는 한 번도 나올 수 없었다.

전래동화책에 잔인한 이야기는 놀랍도록 많이 나오는 편이지만 19금은 찾아보기 힘들다. 각색자들은 '잔인성'은 재미 때문에 얼렁뚱땅 남겨놓았다. 하지만 '19금'은 철저히 제거했다.

현실적인 방법

진짜 호랑이를 잡으려고 한다면, 지금까지 여러분이 읽은 오만 가지 방법은 다 쓸데없는 헛소리일 뿐이라는 걸 알아야 한다. 이야기와 현실은 다르기 때문이다.

「금강산 호랑이」「금강산과 유복동」「유복이와 금강산」「아버지의 원수」 등은 다 같은 이야기다.『전래동화 교육의 이론과 실제』의 각색 인기 순위 공동 12위를 차지한 「금강산 호랑이」다.「반쪽이」와 인기 순위가 같다. 12등, 대단한 성적이다. 우리나라 사람이 축구 월드컵에서 그토록 간절히 수십 년간을 갈망한 순위가 고작 16등 안에 드는 것이었다. 숱한 이야기 중에 12등을 했으니 얼마나 대단한가.

『조선설화집』에는 '호랑이의 퇴치'라는 제목으로 나온다.

유복동 혹은 유복이는 사람 이름이 아니다. 엄마 배 속에 있을 때 아버지가 죽었기 때문에 아버지를 본 적이 없는 자식이 유복자다. 유복이는 여덟 살이 되었을 때 진실을 알게 된다. 유명한 사냥꾼이었던 아버지가 금강산에 호랑이 잡으러 갔다가 소식이 끊겼다는 것을. 틀림없이 호랑이에게 당했을 테다.

유복이는 호랑이를 잡는 101가지 방법 따위는 생각하지 않았다. 그날로 글공부를 그만둔다. 총 한 자루를 구해 맹렬히 훈련했다. 호랑이 잡는 데는 총이 최고. 호랑이를 잡기 위해서는 오로지 사격 훈련이 필요할 뿐이라는 걸 안 것이다. 여러분도 알 테다. 공부를 잘 하는 101가지 비법을 생각하는 것보다, 그 시간에 그냥 공부를 하는 게 효율적이라는 것을.

그럭저럭 3년의 세월이 흘렀다. 열한 살. 어머니에게 시험을 받았다. 불합격.

다시 3년을 수련했다. 합격했지만 어머니가 더 어려운 문제를 제시했다. 아까도 말했지만 여기서의 문제는 '미션'이다. 불합격.

또다시 3년을 수련했다. 마침내 합격했다.

젊은이는 금강산을 향해 출발했다. 나이 계산을 해보면 고작 열일곱이다. 그런데 젊은이라니? 일제강점기까지만 해도 열일곱이면 젊은이 소리를 들었다.

금강산 입구에서 만난 노파가 얕보았다.

"네 아버지는 십 리(4킬로미터) 밖의 바위에 있는 개미를 맞출 수 있었다."

젊은이는 자신 있게 도전했지만, 4킬로미터 밖의 개미를 맞추지 못했다.

또다시 3년간 수련했다. 어머니에게 가정교육을 6년 받았고, 사회 스승에게 또 3년을 배운 것이다. 이토록 9년을 수련해야 잡아보겠다고 도전해볼 만한 게 호랑이였다.

스무 살이 되었다. 합격.

드디어 미션에 들어갔다.

골짜기에서 중을 만났다. 호랑이의 변신임을 알아보고 쏴 죽였다. 순조로운 출발.

감자 캐던 할머니를 만났다. 역시 호랑이의 위장임을 간파하고 쏴 죽였다. 거침이 없다.

우물에서 물 긷는 미녀를 만났다. 정체를 간파하고 쏴 죽였다. 일사천리!

급히 산을 내려오는 청년을 만났다. 역시 정체를 알아채고 쏴 죽였다. 벌써 네 마리나 잡았다.

여기까지 이 동화는 현대적 정신을 담아내고 있었다. 호랑이라는 강대한 적을 상대하기 위해서는 오로지 끊임없이 훈련해야 했다. 공부해야 했다. 호랑이가 일제 통치 권력이라면 지식인인 어머니와 노파는 이 나라의 어린이들을 교육시키는 것만이 희망이라고 여겼다. 당당하게 자라난 젊은이는 기대에 부응했다. 난관을 수월히 돌파했다.

그러나, 그러나 적은 너무나도 강대했다. 젊은이가 물리친 것은 그저 잔챙이들뿐이었다. 이게 게임이라면 잔챙이 보스를 물리친 여러분은 아무리 강력한 대왕 보스 괴물 캐릭터가 나와도 놀라운 손가락 신공으로 미션을 완수했을 테다.

그러나 현실의 적은 강고했다.

독립군의 시각으로 말하자면, 잔챙이 호랑이들은 일제 통치 권력에 빌붙은 친일 모리배, 악덕 지주, 파렴치한 관료였다. 진짜 호랑이 일제 통치 권력은 거대한 산 같았다.

이번에는 산처럼 큰 백호 한 마리가 나타났다. 그 전의 네 마리는 왜 위장하고 있었던 거지? 일제 통치 권력에 빌붙은 조선인들이었기 때문에?

젊은이는 재빨리 총을 쏘았다. 호랑이는 거대한 이빨로 젊은이가 쏘아대는 탄환을 받아내서 하나하나 내뱉었다. 킹콩이다. 로보캅이다. 터미네이터다. '킹콩'이 처음 영화가 된 것은 1933년이다. 우리 조선에는 킹콩을 능가하는 금강산 호랑이가 있었다.

아무리 독립운동을 해봐도 일제 통치 권력은 꿈쩍을 않는다. 절망이다.

3·1운동의 실패를 아파하는 우화로 읽을 수 있다. 일제강점(1910년)이 되고서야 조선인은 일본의 식민지가 되었다는 걸 깨달았다. 아버지(조선왕조)의 죽음을 받아들이고 9년 동안 꼬박 수련(교육 운동 및 독립운동)을 했다.

그리고 만세를 불렀다. 일제는 꿈쩍도 하지 않았다. 독립만세를 부르던 사람은 모두 호랑이 배 속으로 빨려 들어갔다.

유복이도 호랑이에게 삼켜졌다. 호랑이 배 속에서 아버지의 해골과 총을 발견했다. 유복이도 아버지처럼 해골이 되는가?

그러나 그대로 호랑이의 배 속에서 소화될 수는 없는 것이다. 헛된 희망이라도 품어야 한다. 혼자서는 외로운 길이다. 그러므로 기절한 처녀를 만난다. 간호하여 소생시킨다. 아이들, 여성들, 문맹들 모두를 깨워야 한다. 소생시켜야 한다. 그것이 바로 호랑이 배 속을 뚫을 수 있는 작은 칼이다. 해피엔딩으로 마구 달려가는 뒷이야기는 생략하자.

그리하여, 저 강대한 호랑이를 쓰러뜨릴 수 있는 가장 합리적인 방법은 힘을 모으는 것이다. 저 킹콩 같은 호랑이는 영웅(유복동) 혼자서 물리칠 수가 없다.

성별이 다르더라도, 계급과 계층이 다르더라도, 사상과 취향이 다르더라도, 뭉쳐야 한다. 뭉쳐서 협력해야 한다.

연대와 협동이 킹콩 호랑이를 물리칠 수 있는 유일한 희망이라는 메시지를 담았던 것일까?

연대하여 협동하기

작정하고 '연대하여 협동하기'라는 메시지를 담은 이야기▶가 있다.

심술궂은 호랑이 한 마리가 항상 할머니의 무밭을 망치고 있

▶ 「조선설화집」「나쁜 호랑이 벌주다」

었다. 할머니는 더 이상 당하고만 있지 않기로 했다. 할머니는 연륜에서 우러나오는 지혜로써 호랑이 잡을 계책을 생각해냈다. 일단 적을 유인해야 한다.

어느 날 할머니는 호랑이를 꾀었다.

"오늘 밤 우리 집에 초청하겠소. 팥죽을 대접하겠소. 굉장히 맛있고 몸에도 좋아요."

귀가한 할머니는 장독대에는 화로에 숯불을 담아놓았다. 부엌 입구에는 소똥을 잔뜩 깔아놓았다. 마당에는 멍석을 깔았다. 대문에는 지게를 두었다. 그리고 적을 기다렸다.

연대와 협동을 강조하는 동화 버전에서는 할머니가 무엇 무엇을 준비해놓았다는 식으로 쓰지 않았다. 무엇 무엇들이 주체적으로 의인화되어 등장한다.

무생물 캐릭터들은 자발적으로 할머니를 돕겠다고 나댄다. 할머니의 무밭이 망가지면 할머니가 생계를 유지할 수 없다. 할머니가 파산하거나 죽기라도 한다면 자기들의 삶도 끝난다는 것을 알기 때문일 테다.

무생물 캐릭터들이 발칙하게도 할머니에게 대가를 요구하는 버전도 있다.

어찌 되었든 무생물들의 연대 약속이 있었기에 가능한 작전이었다.

그날 밤 과연 호랑이가 찾아왔다.

"할마씨 내가 왔다."

"호랑이 영감, 어서 들어와요. 오늘 밤은 춥지요. 수고스럽지만 장독대에 있는 화로를 좀 가져와줘요."

호랑이가 화로를 보니 숯은 있는데 불이 꺼져 있었다.

"할마씨 불이 꺼져 있다."

"그럼 불이 일게 후후 불어주세요."

호랑이가 후후 불었더니 재가 튀어 더 이상 눈이 보이지 않게 되었다. 재의 공격.

호랑이는 눈을 비비자 더더욱 쓰렸다.

"할마씨, 재가 눈 속에 들어갔어."

"부엌에 가서 물통의 물로 눈을 씻으세요."

아픈 눈으로 어떻게 부엌까지 찾아 들어갔는지 모르겠다. 아무튼 호랑이는 세수를 했고, 물통에는 고춧가루가 있었다. 고춧가루의 공격.

"할마씨, 눈이 더 아프다. 어떻게 빨리 해줘."

"수건으로 닦게." 갑자기 반말?

호랑이는 할머니가 준 수건으로 얼굴을 힘차게 닦았다. 수건에는 바늘이 있었다. 바늘의 공격.

호랑이는 그제야 속은 줄 알고 도망치려고 했다. 부엌 앞에는 쇠똥이 대기하고 있었다. 쇠똥의 공격.

호랑이는 미끄러져 넘어졌다. 그때 멍석이 와서 둘둘 호랑이를 말아 대문 쪽으로 가져갔다. 지게가 기다리고 있었다는 듯이 둘둘 만 호랑이를 지었다. 바닷속 깊이 버렸다. 바닷가 가까운 산골이었던 모양이다. 어쨌든 깨끗한 뒷마무리.

할머니와 재, 고춧가루, 바늘, 쇠똥, 멍석, 지게가 연대했다. 치밀한 협동 작전으로 호랑이를 잡았다.

각색자들은 작전에 참여하는 무생물 캐릭터들을 바꾸기도 했다. 역할을 좀 더 주기도 했다.

개성을 마음껏 발휘했다. 저마다의 스릴 넘치는, 호랑이 때려잡기 드라마를 창작했다.

전래동화 각색 작가는 그대로 베껴 쓰는 사람이 아니다. 기본적인 줄거리를 따라가되, 자신의 개성을 담아내야 한다. 이 동화처럼 각색하기 좋은 이야기도 드물다. 스토리 자체에 각색 작가가 끼어들어 개성을 펼칠 만한 캐릭터 많기 때문이다.

하여간, 통일은 어렵지만 연대는 쉽다. 통일은 모든 것을 양보해야 한다. 그러나 연대는 조금만 양보하면 된다. 조금씩만 힘을 보태면 된다.

팥죽 할머니와 무생물들의 호랑이 잡기 대작전은, 연대와 협동으로 호랑이 같은 강대한 적도 물리칠 수 있다는 걸 보여주려는 우화일까.

당시 시대 상황을 고려해보자. 일제 침략자와 싸우겠다는 독립운동가들이 갈라져 있다. 사회주의자, 공산주의자, 민족주의자, 개량주의자, 무장투쟁파, 교육 운동파 등등으로 나뉘어 싸우는 것이 말이 됩니까? 제발 연대합시다! 간절히 호소하는 이야기일 수도 있다.

흥미롭게도 연대와 협동에 대한 의구심을 담은 전래동화도 있다. 이미 소개한 바 있는 '무당 호랑이'다. 연대하고 협동하여 호랑이 사다리를 만들었다가, 밑에서 춤추는 단 한 마리 때문에 몰살했던 비극!

무슨 생각이 드시나요?

지금까지 여러분은 '101가지 호랑이 잡는 이야기'를 감상했다. 이미 읽었거나 들었던 이야기도 있을 테다. 처음 읽는 이야기도 있을 테다. 무슨 생각이 드는가?

여러분은 믿지 못할 수 있다. 예시한 이야기들이 필자가 엉뚱히 간추린 것으로 오해할 수 있다. 필자가 예시한 책 원문을 직접 읽어본다면, 필자는 오히려 최대한 순화하려고 노력했다는 걸 알 수 있으리라.

여러분이 생각하는 것과 달리 문자로 기록된 전래동화는 동심 따위에 신경 쓰지 않았다. 오래된 것일수록 교육적이지 않았고 노골적이었다.

동심을 생각하는 전래동화의 출현은 1990년대부터라고 해도 좋다.

1980년대까지의 전래동화는 '어린이가 읽고 알아서 받아들일 것은 받아들이고 부정할 것은 부정하면서 알아서 읽는' 것이었던 듯하다. 그래서 지금의 학부모들이라면 경악할 만한,

잔인한, 비교육적인, 부도덕한 문장이 아무렇지도 않게 실릴 수 있었다.

1990년대부터의 전래동화는 '어른이 어린이의 수준과 구미에 맞는다고 믿는' 이야기와 문장으로 보인다. 비교육성은 걸러지고 교훈이 중요한 요소가 되었다. 무엇보다 '현대 어린이의 마음이 감당할 수 있는 수준'으로 순화되었다.

과거의 재미를 담보했던 잔인하거나 모순적인 장면은 역시 모순적이지만 '판타지'로 변형되었다.

이를테면 과거의 호랑이는 전래동화에서 잔인하게 죽었다. 하지만 현대의 호랑이는 잘 죽지 않는다. 아무리 어처구니없는 일을 당해도 쉬이 죽지 않는다. 또다시 어처구니없는 일을 당할 뿐이다. 동물원에 갇힌 호랑이처럼. 잔인하지만 위대했던 산중의 왕! 우스꽝스러운 놀잇감 혹은 애완동물로 전락했다.

호랑이 대
토끼

호랑이 대 토끼

『백두산 민담』의 원저는 1904년, 러시아에서 러시아어로 출간된 『조선 설화』다.

러시아 작가 가린 미하일롭스키[)]는 1898년 세계 일주를 한다. 그는 9월 13일 한국 땅에 첫발을 디뎠다. 한반도 꼭대기인 경흥, 회령, 무산을 여행한다. 임진왜란 때 의병장 정문부鄭文孚[)]가 활약했던 지역이다.

러시아 사람은 두만강을 거슬러 올라 백두산 정상에 오른다. 여러분, 다른 데는 몰라도 꼭 백두산 정상에는 올라보기를. 여러분의 인생을 바꿔놓을 수도 있는 엄청난 감동을 받을 수도 있다. 괜히 백두산, 백두산 하는 게 아니다. 러시아인은 압록강변으로 하산하여 10월 18일 의주에 도착했다.

이렇게 약 40여 일 동안, 한국 북부 지방을 답사했다. 고국으

▶ 19세기 당시의 유명한 러시아 작가다. 대표적 작품으로는 자전적 전기소설인 『초마의 소년시절』,『중학생』,『대학생』,『기사』 4부작이 있다.
▶ 1565~1624.

로 돌아가 답사 과정에서 틈틈이 수집한 조선의 민담을 책으로 낸 것이다. 80여 년 뒤 이 책을 김녹양 선생이 번역하고 다듬어 한국어로 출간한 것이 『백두산 민담』이다.

'옛날부터 입에서 입으로 전해져 내려온'을 '구비' 혹은 '구전'이라고 한다. 『백두산 민담』은 구비에 가장 가까운 모습이다. 우리나라가 자랑스러워하는 『한국구비문학대계』는 고작 1970년대에 채록한 것이다. 1904년에 채록한 것에 댈 수가 없다.

러시아 작가는 『조선 설화』와 함께 『조선, 만주, 요동반도 기행』이라는 책도 냈다. 어떤 사람에게 무슨 이야기를 들었는지 기록이 철저했다.

우리나라의 『한국구비문학대계』는 이야기를 녹취하고, 그 이야기를 한 사람의 이름과 사는 곳, 날짜를 적어놓았을 뿐이다. 러시아 작가는 조선의 설화보다 그 설화를 들려준 사람이 더 재미있을 정도로 구연가에 대해 자세히 기록해놓았다.

『백두산 민담』에 실린 이야기는 두 부류다. 이야기 능력이 모자란 촌로들에게 수집한 것과 상당한 이야기꾼에게 채집한 것.

각설하고, 이중에 「토끼」라는 동화가 실려 있다. 『토끼전』 혹은 『별주부전』의 이색 버전이다. 호랑이가 산중의 임금님으로 나온다.

용왕은 간을 구하기 위해 사신을 산으로 보낸다. 연어는 낚시에 걸려 실패, 물뱀은 달구지 바퀴에 깔려 죽어 실패.

거북은 무사히 땅에 도착해 온갖 짐승들의 임금인 호랑이를 찾아간다. 거북은 골치 아프게 토끼를 찾아다니지 않는다. 산의 임금을 직접 찾아가 사정을 이야기한다. 말하자면 중국 임금(용왕)이 사신(거북)을 보내 조선 임금(호랑이)에게 여자·산삼(토끼)을 보내달라고 한 거다.

호랑이는 토끼를 불러 명령했다.

"용왕님이 너를 부르신다. 이 거북을 따라가거라."

호랑이는 비록 산중의 임금이었지만 용왕님의 부탁을 거스를 수가 없었다. 중국의 요구를 거절했다가는 전쟁을 치러야 하니 눈물을 머금고 산삼·여자를 보내야 했던 조선의 임금을 생각하자.

토끼가 거북이를 속일 차례. 토끼는 용궁에 갈 것도 없이 거북을 속인다.

"내게서 간을 꺼낸다면 내가 어찌 더 이상 살 수가 있겠어요. 저한테 절름발이 친척이 하나 있어요. 도무지 사는 재미가 없다고 오래전부터 불평입니다. 내 대신 용궁에 가 죽어줄 겁니다. 가서 데리고 올 테니 잠시만 기다려주세요."

거북이는 아무 생각 없이 속고, 토끼는 달아난다. 거북이가 호랑이 임금을 다시 찾아와서 어쩌고저쩌고 질질 짠다.

호랑이는 동화 출연 사상 가장 때깔 나게 말한다.

"흐음, 알겠으니 너는 혼자서 용궁으로 돌아가 보아라. 토끼를 찾아서 너와 함께 보낸다 해도, 토끼는 꾀를 내어 네게서 또

다시 도망칠 게 뻔한 노릇이다. 그러니 토끼를 찾게 되면, 아주 믿을 만한 자를 딸려서 용왕님께 보내도록 하마."

역시 배역이 중요하다. 호랑이도 왕 역할을 맡으니 말도 잘하지 않는가. 이 소문을 들은 토끼는 마적이 된다.

호랑이는 갑갑했을 테다. 용왕은 두렵고 토끼란 놈은 도망가서 마적질을 해대고. 토끼를 못 잡으면 전쟁을 해야 될지도 모른다. 그러나 다행히도 용왕이 사망한다. 용왕 정부는 친절하게도 이제 토끼 간이 필요 없다는 이야기를 호랑이 임금한테 전해주기 위해 사신을 파견한다.

사신은 역시 거북이다. 마적질하던 토끼가 먼저 거북이를 만난다.

토끼는 잽싸게 호랑이에게 달려가 변명을 해댄다.

"이제까지 안 온 것은 절름발이 아저씨 댁에 다녀오느라 그랬습니다. 절름발이 아저씨는 아직은 죽고 싶지 않대요. 용궁에 가지 않겠답니다."

호랑이 임금은 토끼의 거짓말을 눈치 챘을까. 암튼 제 발로 돌아왔으니 다행이다 생각했을 테다.

"그렇다면 네가 가는 수밖에 없지."

그때 거북이가 와 용왕이 죽은 일을 알린다. 호랑이는 "흐음 그래 용왕님이 돌아가셨다고? 돌아가셨다고…… 돌아가셨다고……?" 혼잣말처럼 중얼거린 후, 토끼에 상을 주어 자유롭게 놓아주었다.

호랑이는 왜 혼잣말처럼 중얼거렸을까. 토끼에게 왜 상을 주었을까. 임금의 고뇌를 어찌 짐작하랴.

그런데 이 동화를 당시 상황에 맞추어 정치적으로 생각해보자. 용왕은 중국의 청나라 왕조다. 조선은 호랑이다. 아버지 나라 같았던 청 왕조는 몰락하였으나, 토끼 같은 일본이 걱정된다. 호랑이 조선은 용왕님의 사망을 믿을 수 없어 멍청해졌다.

우리 조상의 삶과 가까운 동물은 대개 한 글자였다. 가축이 된 말, 소, 양, 닭, 개는 물론이다. 돼지도 '돝'▶이 일반적인 호칭이었다.

농부의 애증인 쥐, 옛날 농촌에서 쥐만큼 흔했던 뱀도 한 글자다.

심지어 이 책의 주인공 호랑이도 한 음절이었다.

옛사람은 호랑이를 '범'이라고 말했다. 한글로는 '범', 한자로는 '虎'라고 적었다.

호랑이는 '호랑'에 'ㅣ'가 붙은 것이다. 호랑은 범 호虎와 이리 랑狼이 뭉친 말이다. 원래 무서운 범과 사나운 이리 같은 놈들, 한마디로 상식이 통하지 않는 초악당을 가리키는 관용어로 쓰였던 것 같다.

호랑이가 널리 쓰이게 된 것은 1800년대부터다. 이리 '랑'은 의미 없이 그냥 따라붙는 말이 되어, 호랑이는 범만을 의미하게

▶ 돼지 어원: (국립국어원 표준국어대사전)
【←돝[<돝『용비어천가』(1447)] +~이 + 아지】

096

되었다.

일제강점기에는 범과 호랑이가 두루 사용되었다. 신문에 호랑이도 나오고 범도 나왔다.

지금은 '범'이라니? 표범의 준말인가? 갸웃거릴 만큼, 여러분에게 생소한 말이 되었다. 남한에서는 '호랑이'가 '범'을 거의 사어로 만든 셈이다.

북한에서는 '호랑이'보다 '범'이 우세하다. 우리가 한국호랑이라고 부르는 것을, 북한에서는 조선범이라고 부른다.

가축이든 위험한 동물이든, 인간의 삶과 가까웠던 동물들이 한 음절이었던 까닭은 간단하다. 쉽게 빨리 발음할 수 있어야 했다는 것. 가축은 기르거나 이용할 때 편리하도록. 위험한 동물은 빨리 알려서 피하거나 방어하도록 하기 위해서.

가축이 되지 않은 상태로 인간과 매우 밀접했던 동물로 고양이가 있다. 고양이도 원래는 한 음절 '괴'였다.

유독 토끼만 두 음절이었다. 가축이라 할 수 있는 집토끼도 있었다. 대개의 토끼는 가축이 되기를 거부하고 산에서 살았다. 그렇다고 쥐나 뱀이나 범처럼 인간이 한 음절로 쫓거나 위험성을 경고할 만큼 위험한 동물도 아니었다.

물론 토끼도 원래는 한 음절이었을지도 모른다. 만약 한 음절이었다면 '토' 밑에 받침 'ㅅ'이 붙은 글자가 유력하다. 하지만

▶ 고양이 어원: (국립국어원 표준국어대사전)
【← 괴 [< 괴 『능엄경언해』(1461)] +~앙이】
▶ 토끼 어원: (국립국어원 표준국어대사전)
【 < 톳기 『월인석보』(1459)】

중세 때부터 토끼는 두 음절 '톳기'였다.

전래동화에서 범은 산속 세상의 1인자 캐릭터를 도맡았다. 실제로 감히 호랑이에게 맞설 만한 동물은 없었을 테다. 그런데 감히 호랑이에게 대적하는 동물이 있었다. 바로 토끼였다.

일제 군대가 중국을 침략하여 미쳐 날뛸 때, 신문에 흥미로운 글 한 편이 실렸다. 다소 길지만 사료적 가치가 높다는 판단으로 전체를 옮긴다.

> 어린이 신년 원탁회의▶
>
> 표어: 어린이 신년 모토 "호랑이에게 배우자"
>
> — 호랑이처럼 씩씩하게 쾌활하게
>
> — 호랑이처럼 튼튼하게 강건하게
>
> — 호랑이처럼 모든 일에 으뜸이 되자
>
> — 호랑이처럼 의리의 사람이 되자
>
> 호랑이: 금년은 부족한 저의 호랑이들의 해라고 이와 같이 먼 나라에서까지 대표자들을 보내어 축하하여줌은 참으로 감사합니다.
>
> (일동 일어나서 답례)
>
> 고양이: (일동이 채 앉기도 전에) 우리 사촌형님 해에 이와 같이 먼 나라에서까지 많이 오셔서 금년은 여러 가

▶ 「동아일보」1938. 1. 3.

지 좋은 일이 많이 있을 줄 믿습니다.

코끼리: 비록 지구의 남쪽 끝 멀고 먼 더운 나라에서도 이 큰 회의에 참석하지 않을 수 없는 것은, 호랑이 나라의 씩씩하고 용맹스럽고 약한 자를 돕고 의리에 밝다는 소문을 듣고 늘 오고 싶은 마음이 간절하든 차에 이 같은 귀한 초대를 받으니 누가 먼 길이라고 사양하겠습니까.

원숭이: 그렇습니다. 코끼리 씨의 말씀과 같이 축하하려니와 이 나라의 아름다운 덕과 좋은 점을 배우고자 합니다.

고양이: 우리 사촌형님의 미덕은 저 벽에 써 붙인 "호랑이에게 배우자"는 표어를 보시면 아실 것이고 여러 나라의 여러 문제로 토의에 들어가기로 합니다.

일동: 옳소! 옳소!

호랑이: 이제 우리가 토의하고 싶은 중대한 문제는 어떻게 하면 우리 사족동물이 서로 화평하게 살 수 있는가 하는 것입니다. 이 문제에 대하여 바다 나라를 대표한 하마 씨의 의견을 듣기로 합니다.

하마: (점잖이 일어서서) 그것은 어렵지 않습니다. 바다 속에 있는 고기 중에 어떤 종류를 하루에 얼마 안 잡아먹는다는 것을 제한하는 것이 좋겠습니다.

물개: 그 제한이라는 것이 문제입니다. 어떤 종류의 고기가 희생이 될 것이라는 문제려니와 개수 제한을 한다면

하마군은 하루에 명태나 청어 같은 것을 50개 먹는다면 우리 물개도 마찬가지로 권리를 주어야겠습니다.

하마: 그것은 안 될 말입니다. 나는 입이 크고, 물개 씨는 입이 나의 10분의 1도 못 되니 마찬가지라는 것은 안 될 말입니다.

호랑이: 주장이 서로 다르니 어떻게 하면 좋겠소.

고양이: 우리는 바다의 일을 잘 알 수 없으니 조사원을 보내서 우선 그곳 형편을 아는 것이 어떨까요.

호랑이: 그러면 어느 나라 대표가 좋을까요.

토끼: 옛날부터 재판 잘하는 원숭이 씨로 정합시다.

(만장일치로 원숭이 씨가 피선되다)

호랑이: 이제 육지에 있는 사족동물 간에는 어떻게 할까요?

쥐: 고양이도 여기에 열석하였지마는 고양이 씨는 하필 우리 쥐만 못살게 구니 어쩐 일입니까.

고양이: 여기에서 답변은 필요도 없거니와 그것은 우리 식량 문제이니 공공연하게 공개할 것이 못 됩니다.

토끼: 고양이 씨는 개인의 식량 문제라고 하지만 쥐나라에 있어서는 큰 위력이니 식량을 달리 구할 수 없을까요?

호랑이: 달리 구할 수 없을 것이오. 어느 점까지 정도 문제는 있을망정 그만두라는 것은 월권이오.

(이리하여 호랑이 고양이 하마 등이 일당이 되고 쥐 토

끼 물개 등이 한편이 되어 일대 논전 끝에 원탁회의는 결렬 상태에 이르렀다)

원숭이: 이 좌석은 호랑이 씨를 축하하는 의미도 있어 모인 것이니 더 격론 말고 우리 호랑이님의 장 만세 삼창으로 이 회를 원만히 폐회하는 것이 어떠하오.

일동: 좋소. 호랑이 씨 만세 만세 만세.

(폐회)

하마: 옛날에는 땅에서나 바다에서나 우리들이 왕이요, 우리들이 마음대로 했는데 지금은 왜 사람이란 동물에게 눌려 살게 되었소?

코끼리: 그렇소. 이 문제는 우리 이번 원탁회의를 하는 중요 문제의 중심인 줄 압니다.

부엉이: (눈을 크게 뜨고 머리를 추켜들며) 큰 문제이나 사실은 큰 문제가 아닙니다. 코끼리 선생은 왜 조고만한 생쥐를 무서워서 쩔쩔매시오. 그리고 미안스럽지만 의장되는 호랑이 씨도 산등생이로 올려댕기는 토끼군에게 "내 아들, 내 아들" 놀림을 당하시오. 다 마찬가지 이치인 줄 압니다.

(코끼리는 쥐를, 호랑이는 토끼를 걸어다보면서 눈을 흘긴다)

개: 내가 사람의 일은 잘 알거니와 사람은 힘으로 말하면 소나 범이 나를 당할 수 없으나 아는 것이 많은 까닭에

몇 배나 힘 있는 것으로 부릴 수 있게 되는 것입니다.

호랑이: 그렇습니다. 옛날 힘으로만 행세할 때는 온 세상이 우리 세상이었으나 지금 와서는 단지 아는 것이 없다는 죄료 이 넓은 세계를 사람이란 두 발 동물들에게 주게 되었소이다.

쥐: 그러면 우리 사족동물이 연합하여 이족 인간을 대항하여 전쟁을 하는 것이 어떨까요?

원숭이: 이런 이야기는 공개할 좌석이 못 되므로 비밀회의로 하는 것이 어떨까요.

일동: 그것이 좋습니다.

원숭이: 어린이들이 너무 나만 좋아하여서 다른 친구들은 불만이 많더군요.

하마: 원숭군! 당신네가 잘나서 당신네 재주가 용해서 그런 줄 아는가? 첫째로는 볼기짝이 우스워서 좋아하는 것이고 둘째로는 얼굴이 쪼그라진 박 같아서 그러는 겔세.

원숭이: 그러면 왜 내가 어린 새끼를 안고 철 그물을 타고 올라 젖 먹이는 것을 보고는 왜 그다지 좋다고 박수하며 웃는가? 하마군 그대는 과자를 못 먹어 샘이 나는 모양일세.

호랑이: 어린이들에게 경고하고 싶은 것은 제발 그 먹지도 못할 과자를 던지지 말라고 해주시요, 큐피 양(인형).

물개: 호랑이 아저씨는 가끔 가다가 너무 큰 소리로 호

령을 하여 가끔 담이 떨어질 것 같아요.

노라구라(만화에 나오는 개): 좀 이야기가 우습지만 역사 연구에 필요하여 묻는 것입니다. 1. 호랑이 담배 먹든 때가 지금부터 몇백 년 전이며, 2. 썩은 새끼 타고 하늘로 올라가다가 떨어져 수수 그루에 엉뎅이 아니 홍문에 부상하신 일은 사실인지, 3. 또한 전설에 이르기를 호랑 씨는 세상에 제일 무서워하는 것이 '곶감'이라고 하니 사실입니까?

호랑이: (약간 미소를 띄우고), 1. 현대에는 안경도 쓰고 자전차도 타고 다니니 담배쯤은 먹은 지 오래입니다. 자세한 것을 알려면 서울 동대문 근처에 호랑이 담배 먹는 것을 그려서 간판 붙인 집에 문의하십시오. 2. 그런 불명예한 일은 우리 호랑이 나라 역사 가운데는 없습니다. 3. '곶감'을 무서워한다는 말은 사람이란 동물들이 조작한 말이겠지요. 오랫동안 우리 호랑이에게 압제를 받아서 미워하든 나머지 그같이 지어낸 것인 줄 압니다.

(일동이 박수하여 찬성의 뜻을 표한다)

개구리: 그렇습니다. 사람이 호랑이를 힘으로 당할 수 없으니까 꾀로 중상한 말일 줄 압니다. 여기에 토인 역사와 큐피 양이 참석하셨지만 특별히 어린이 가운에 이런 일이 많습니다. 힘이 남보다 부치거나 공부에 뒤지면 힘을 기르고 공부를 부지런히 하여 남보다 앞설 생각을 면

저하고 남을 미워할 생각은 말아야 할 것입니다.

일동: 옳소, 옳소!

여러분이 읽은 글은 범띠 해였던 1938년 1월에 게재되었다. 제목은 「어린이 신년 원탁회의」다. '동물 신년 원탁회의'가 더 어울리는 제목 같다.

코끼리의 말 중에 '호랑이 나라의 씩씩하고 용맹스럽고 약한 자를 돕고 의리에 밝다는 소문'에 주목해보자.

일제에 강제 점령된 처지였지만, 조선인은 '씩씩하고 용맹스럽고 약한 자를 돕고 의리에 밝은 호랑이 나라'라는 자부심을 가지고 있었다.

그 자부심을 담은 것이 바로 호랑이 지도였다.

우리나라 한반도는 호랑이를 닮았나? 토끼를 닮았나?

여러분의 생각은? 여러분은 왜 그런 생각을 하게 되었나?

우리나라 한반도를 호랑이처럼 그린 지도들이 있다. 만주 벌판 혹은 대륙을 향해 포효하는 백두산 호랑이! 여러분은 호랑이 지도를 수없이 봤을 테다.

그런데 한반도를 토끼처럼 그린 지도도 있었다. 일제강점기에는 한반도를 토끼처럼 그린 지도가 대세였다.

누가 처음 한반도를 호랑이처럼, 혹은 토끼처럼 그렸을까?

최남선은 부유한 중인 가문의 '엄친아'였다. 일본 와세다대

학을 다닐 때 이광수, 홍명희와 더불어 조선의 세 천재 소리를 들었다. 그는 열아홉 살 나이에 아버지가 대준 돈으로 출판사 신문관을 설립했다. 인쇄부와 판매 부서를 모두 갖추었으며, 1910년대 후반에는 직원과 직공이 70명에 이르렀다. 당시 최대 출판사였다.

『소년』은 최남선 혼자 힘으로 꾸린 잡지다. 1908년 11월호로 창간하여 1911년까지 4년 동안 23호를 출간했다. 월간지를 표방했지만 자주 압수당해 결간호가 많았다

『소년』은 '최초' 타이틀을 여러 개 가지고 있다. 우리나라 역사상 최초의 근대적 잡지. 우리나라 최초로 현대시가 실린 잡지. 우리나라 최초의 문예지.

또한 우리나라 최초로 '동화'가 실린 책이다.

그리고 최초로 한반도를 호랑이처럼 그린 지도가 실렸다.

최남선은 어떤 일본의 지리학자 때문에 화가 났다. 왜인이 조선의 지도를 일컬어 이렇게 말했기 때문이다.

"네 다리를 모으고 일어나 중국 쪽을 향하고 있는 토끼 모습 같다."

지금의 여러분도 화가 나는가?

아직은 일본에 '합방'되기(확실히 먹히기) 전, 대한제국의 열아홉 살 청년 최남선은 분노를 참을 수가 없었다. 우리나라가 토끼 같다니! 당시에 토끼는 꾀주머니 이미지보다는 순하고 나약한 이미지였나 보다. 최남선에게는 참을 수 없는 모욕처럼 느

껴졌다.

　최남선의 눈에는 아무리 봐도 우리나라 지도가 호랑이처럼 보였다. 오히려 토끼처럼 보인 건 동해였다. 지금은 동해가 토끼처럼 보인다고 해도 욕을 먹을 것이다. 애국심이 없다고. 당시에 동해는 일본해로 표기되었고 대부분 일본의 바다라고 여겨졌다. 그래서 (동해가 아닌) 일본해를 토끼 같다고 한 것은 일본 전체를 토끼 같다고 하는 것과 같았다. 일본 열도는 절대로 토끼를 닮지 않았으므로, 일본해라도 토끼라고 한 것이다. 실제로 동해(일본해)는 토끼처럼 보이기도 한다.

　최남선은 대반전을 시도한다. 한반도를 호랑이(태백범)처럼 디자인했다. 호랑이(태백범)를 노래한 시를 지었다.▶

　　　사천 년간 길러온 호연한 기운

　　　시원토록 뿜어보니 우주가 적고

　　　대륙 끝에 웅크렸던 웅대한 몸이

　　　우뚝 일어나니 지구가 좁네

　　　우레 같은 큰 소리를 한번 지르면

　　　만국이 와 엎드리니 네가 왕이오

　　　번개 같은 밝은 눈을 똑바로 뜨면

　　　만악萬惡이 다 사라지니 네가 신일세

▶ 「소년」 10호, 1909. 11.

포효하는 호랑이가 보이는가?

최남선이 창조한 것이다.

"맹호가 발을 들고 허우적거리면서 동아 대륙을 향하여 나르는 듯 뛰는 듯 생기 있게 할퀴며 달려드는 모양"을.

최남선은 이런 말도 했다.

> 지도를 관념觀念하여 인의문무人義文武의 덕으로,
> (……) 우리 소년 대한으로 하여금 호시천하虎視天下라는
> 위풍을 진통케 할지어다. ▶

최남선은 대한제국의 소년이 우리나라 국토가 호랑이를 닮았듯 호랑이처럼 자라나기를 꿈꾸었다. 「어린이 신년 원탁회의」 석상에 붙은 표어처럼 '호랑이처럼 씩씩하게 쾌활하게, 호랑이처럼 튼튼하게 강건하게, 호랑이처럼 모든 일에 으뜸이 되자, 호랑이처럼 의리의 사람이 되자'는 거였다.

1938년의 조선은 암담했다. 전쟁을 하지 않으면 굴러갈 수 없는 나라가 된 일본. 일본이 대동아전쟁을 일으켜 중국으로 쳐들어가는 바람에 조선은 일본의 군참기지나 다름없었다. 그렇지만, '원탁회의'에서 읽은 대로 호랑이 나라라는 자부심을 잃지 않고 있었다. 최남선을 중심으로 한 조선 지식인들의 '지도의 관념화'는 성공한 셈이다.

▶ 「소년」 2호, 1908. 11.

지도를 보면 분명 우리나라는 호랑이 같았다. 일본해(동해) 지도로 표상되는 일본은 토끼 같았다. 하지만 일제강점기 때 누가 호랑이고 누가 토끼인가.

나약하고 순하게 당하고만 있는 조선이 토끼다. 사납고 무섭게 미친 탐욕으로 조선을 강탈하고 있는 일본이 호랑이다.

게다가 일제도 지도의 관념화, 사상의 관념화 전략을 펼쳤다. 우리나라를 토끼처럼 그린 지도를 교과서에 싣고 너희 나라 조선은 토끼 같다고 의식화했다.

조선인은 생각은 호랑이이고 싶었지만 행동은 토끼처럼 하지 않았을까.

「토끼의 꾀」라는 전래동화 역시, 다수의 전래동화처럼 일제강점기에 의도적으로 각색한 현실 풍자 우화일 수 있다.

토끼는 약한 조선, 호랑이는 사나운 일본을 표상한다.

아무리 생각해도 일본이 호랑이 같다. 나쁜 호랑이!

또 자기 비하를 하다 보니 조선은 토끼만큼도 못 되는 것 같다. 토끼는 꾀라도 있지. 조선인은 개미다, 개미. 나쁜 호랑이가 아무렇게 밟아대도 끽소리도 못 하는 개미.

그런데 개미는 단결로 호랑이를 이길 수 있는 존재가 아닌가. 이런 생각을 하다 보면 1장에서 읽은 「호랑이와 개미의 싸움」 같은 억지스러운 전래동화도 만들어질 수 있다.

하지만 아무리 그래도 그렇지, 조선이 개미라니, 토끼 정도는 된다!

이야기 속에서만이라도 토끼(조선)가 호랑이(일본)를 갖고 놀아보자. 죽여보자.

하여 「토끼의 꾀」 혹은 「호랑이를 괴롭힌 토끼」라는, 전래동화가 사랑받는다.

전래동화 각색 횟수에서 영예의 1위에 빛나는 「토끼의 꾀」. 토끼가 호랑이를 잡는 이야기다. 토끼가 호랑이를 괴롭히거나 끝내 사망에 이르게 하는 전략은 크게 3가지다.

첫째 조약돌을 떡이라고 속인다. 불에 달궈진 조약돌을 먹은 호랑이는 꽥!

둘째 아주 추운 날 물고기를 잡아준다고 물가로 유인해 물에 꼬리를 담그도록 꾄다. 기다리면 호랑이 꼬리는 깡깡 얼어붙는다. 운이 좋으면 꼬리만 잘린다. 불운하면 사람에게 붙잡히거나 얼어 죽는다.

셋째 참새고기를 먹게 해준다고 갈대숲으로 유인한다. 불을 질러 태워 죽인다.

이렇게 보면 토끼는 지혜 있는 녀석이다.

삐딱하게 보면 토끼는 치사한 꾀를 남발하며 호랑이를 잔인하게 괴롭히고 죽이는 간사한 녀석이다.

잘도 속은 죄밖에 없는 호랑이는 처절하게 죽어가는데도 '나쁜 놈'으로 그려진다.

토끼는 약자, 호랑이는 초악당이라고 설정하면 이해가 쉽다.

어린이·청소년은 토끼, 탈을 쓴 초악당 어른은 호랑이인 거다.

약자는 약하기 때문에 속임수(지혜)를 쓸 수밖에 없다. 강자는 원래 나쁜 놈이니까 잔인하게 죽여도 된다. 강자는 이야기 속에서라도 멍청하고 비참하게 다치고 죽어야 한다. 그런 정신 승리라도 없다면 약자는 이 세상을 어찌 살랴.

토끼는 약자니까, 서민이니까, 조선이니까, 잔인해도 좋다.

호랑이는 강자니까 초악당이니까 일본이니까 얼간이처럼 당하다가 한 방에 몰락해야 한다.

그래도 우리는 호랑이고 싶다. 지금도 봐라. 우리는 호랑이라면 환장을 한다. 호랑이에 환장 안 하면 한국인이 아닐 지경이다. 오죽하면 올림픽 마스코트가 호돌이 호순이였다. 국민의 혈세 수백억 원을 연구비로 지원받은 사기꾼 과학자가 백두산 호랑이를 복제했다고 뻥을 쳤을 때 오죽하면 그토록 감격하고 성원했겠는가.

이상하게도 전래동화에서는 그토록 호랑이를 어리석게, 멍청하게 그린다. 말도 안 되게 죽이기를 일삼는다. 그런데 언론에서는 호랑이를 민족의 표상으로 모신다. 너도나도 새끼 호랑이라도 되는 것처럼 호랑이 만세를 외친다.

조선은 호랑이다!

왜 안 되겠는가. 이야기 속에서는 모든 게 다 된다.

「약은 토끼의 죽음」은 호랑이가 '착한 놈', 토끼가 '나쁜 놈'으로 설정된 거의 유일한 동화다. 이 동화에서만큼은 호랑이가 조선이고, 약자고, 서민이다. 토끼가 일본이고 강자이고 초악당이다.

어느 날, 호랑이가 일곱 모의 두부를 함지박에다 넣어들고 집을 나섰다. 토끼를 만났다.

그런데 호랑이는 아주 마음이 너그럽고 착했습니다. 그러나 토끼는 약을 뿐더러 매우 마음이 나쁜 놈이었습니다. 이 호랑이가 착하고 마음이 너그럽다는 것은 토끼도 잘 알고 있었습니다.

너무 노골적이지 않은가.

토끼는 두부를 하나씩 빼앗아 먹는다.

"두부 좀 더 먹게 해주세요. 나중에 꼭 갚을게요. 정말이에요."

무려 여섯 모나 빼앗아 먹는다. 그러나 '참을성이 많고 마음이 너그러운 호랑이는 아무 말이 없었습니다.'

이게 참을성이 많고 마음이 너그러운 것인가? 달라는 대로 주고, 다 빼앗겨놓고도 아무 말을 못하는 것이? 하지만 이런 말도 안 되는 설정이 현실인 관계가 있다.

부모와 자식을 보라. 호랑이 부모는 토끼 같은 자식에게 해달

▶ 『한국 전래동화집』1권.

라는 대로 다 해준다. 그렇다면 이 동화는 호랑이가 조선, 토끼가 일본 그딴 거 아니란 말인가? 부모 자식간 세태를 풍자하는 것일지도.

한 개 남은 두부와 동이를 바꾸어 가지고 돌아오던 호랑이가 또다시 길에서 그 약은 토끼를 만났다. 토끼가 구경하자고 설치다가 동이를 산산조각을 냈다. 이제 마음씨 좋은 호랑이도 더 이상 참을 수가 없었다. 화를 버럭 내면서 토끼를 잡아 쥐려고 했다.

그래, 여기서도 참으면 너는 호랑이가 아니다. 호랑이 체면을 위해서라도 화를 내야만 했다. 부모도 참는데 한계가 있다. 오냐, 오냐 참고 보다가 더 못 참겠으면 회초리를 들을 수밖에 없다. 그걸 사랑의 매라고 했다

마음씨가 고약한 토끼는 도망을 치면서도 호랑이를 골려줄 방법만을 생각했다. 강가로 유인해 호랑이의 꼬리를 물과 함께 꽁꽁 얼어붙게 만들었다. 토끼는 호랑이가 꼼짝도 하지 못하자 배꼽을 쥐고 웃어댔다. 그리고 호랑이의 몸뚱이에 불을 질러 죽여버렸다.

자, 더 이상은 어버이와 자식의 이야기가 될 수 없다. 여러분이 신문으로 읽은 현실에서는 패륜아가 잊을 만하면 등장한다.

하지만 전래동화에서는 그렇게 이해하면 큰일 난다. 어린이들 충격 받는다. 하여 다시 정치적으로 살펴보자.

날강도 같은 토끼 일본이 조선왕조 호랑이를 요리조리 뜯어

먹다가 속임수를 써서 마침내는 죽이고 불질러버렸다는 거다.

호랑이는 죽었다. 조선 왕조는 끝장났다.

그러나 동화는 계속된다.

토끼는 호랑이 고기가 먹고 싶었다. 근처 농가로 가서 빌려온 식칼로 호랑이 고기를 잘라 배부르게 먹었다. 토끼는 농부에게 식칼을 빌려주어서 고맙다며 사례했다. 제 잇새에 낀 호랑이 고기의 찌꺼기를 빼준 것이다. 농부는 화가 나서 식칼을 토끼에게 집어던졌다.

토끼는 정신없이 달아나다가 짐승을 잡으려고 쳐둔 그물에 걸렸다. 토끼는 똥파리들에게 부탁했다. 제 얼굴에다 많은 알을 까달라고. 그리고 죽은 체했다. 그물을 쳐둔 사람은 토끼의 얼굴에 파리 떼가 뒤끓는 것을 보고 돌아갔다. 구사일생한 토끼는 중얼거렸다.

"난 정말 운을 타고 태어났단 말야."

토끼는 이상하게도 단단하고 날카로운 것이 자기 목과 허리통을 조르고 있다는 것을 깨달았다. 토끼는 큰 독수리에게 채였던 것이다. 토끼는 능청맞은 거짓말을 또 찍어 붙였다. 자기를 채가면 하느님의 벌을 받을 거라고. 독수리는 하느님에게 벌을 받을 것을 생각하니 몸이 오들오들 떨렸다. 발톱에 힘이 점점 빠졌다.

이야기는 이렇게 끝난다.

땅바닥에 떨어진 토끼가 이번에도 다시 살았을까요?
천만에요. 이번만은 하느님의 벌을 받아 그 몸뚱이는 가
루가 되고 말았습니다.

도대체 이 말도 안 되는 동화는 뭘까?

누가 심혈을 기울여 쓴 알레고리 우화일지도 모른다.

호랑이(조선왕조)를 잡아먹은 토끼(일본)는 만주를 점령했다. 농부(중국)와 싸우다가 그물(대동아전쟁이란 늪)에 걸렸다. 간신히 탈출했으나 이번엔 독수리(미국)에게 걸렸다. 태평양전쟁에서 원자폭탄이라는 결정타를 맞고 패한 것은 하늘에서 추락하여 가루가 된 것이나 마찬가지였다. 그러니까 일본의 침략 50년사를 축약한 우화다.

『한국 전래동화집』에는 상식으로는 이해가 안 되는 이야기가 많다. 이걸 왜 어린이가 읽어야겠는지는 둘째 치고, 이렇게 말도 안 되는 이야기를 어린이한테 읽으라고 해도 되는 건가 싶다.

그런 이야기는 「약은 토끼의 죽음」처럼 정치 우화로 읽어볼 필요가 있다. 그 동물들이 상징하는 것을 찾으면 된다.

각색자는 현실에 대해서 직설적으로 말할 수 없었다. 일제 검열자들을 속이는 데 전래동화만 한 게 없었다. 일제강점기에 각색된 전래동화의 상당수는 정치 현실, 계급 현실, 경제 현실 등을 동물 상징으로 담아낸 우화였다고 해도 좋다. 조지 오웰의

『동물 농장』처럼. 그래서 '옛날이야기'로 읽으면 무슨 소리인지 모르겠던 것이 '우화'로 읽으면 술술 이해되는 것이다.

옛날(조선시대)의 호랑이는 무엇보다도 가혹한 정부를 표상했을 테다. 「호랑이를 괴롭힌 토끼」의 호랑이가 가혹한 조선 정부, 탐관오리, 악독한 부자 등이라면, 토끼는 힘없는 백성이다.

여러분이 「토끼의 재판」 혹은 「은혜 모르는 호랑이」로 읽은 동화도 결국 토끼와 호랑이의 이야기다. 이 이야기에서도 토끼는 힘없는 백성일까?

한 사람이 들로 지나다가 함정에 빠진 범을 하나 보았다. 범이 하도 애걸하여 꺼내주었다. 적반하장, 은혜도 모르는 범은 아가리를 벌리고 사람을 잡아먹으려 든다. 사람은 의리 없는 고약한 놈이라고 나무랐다.

"은혜는 은혜고, 목숨은 목숨이다. 함정에 빠진 지 며칠이라 배가 고파 죽겠는데 밥을 보고 놓치겠느냐."

"우리끼리 따져서 뭐할까. 저기 소나무에게 물어보자."

소나무가 말했다. "이 염치없는 사람아. 네 소행을 생각해보아라. 우리 소나무가 너희 사람에게 가지가지로 이익만 끼치지 해는 없다. 그런데 너희들이 나무와 송이와 모든 것을 다 해다 쓰고 자라면 도끼로 우리를 찍어 없앤다. 그런 사람으로서 의리타령이 나오느냐? 호생원의 말이 옳다. 호생원은 얼른 한 끼 요기나 하시오."

범은 "참 명관이시오!" 하고는 막 달려들어서 침을 바르려 할 때 황소가 한 마리가 지나간다.

사람은, 소는 가축이니 그래도 사람 생각을 하겠지 싶어 공소控訴 하였다.

소가 이야기를 듣더니 왈. "사람이 소에게 하는 일을 생각하면 출호이자반호이(出乎爾者反乎爾, 자신에게서 나온 것은 자신에게로 돌아온다)인데 하소연이 무엇이냐."

사람이 인제는 죽나 보다 할 참에 여우 한 마리가 마침 지나간다. 또 상고上告를 하였다. 여우가 눈살을 잔뜩 찡그리더니 판결을 하자면 일의 뿌리를 알아야 하는 것이니, 당초의 형적대로 차려보라고 하였다.

범이 재판에 이길 자신이 푼푼하여 하라는 대로 선뜻 함정으로 들어갔다. 여우가 허허 웃고는 말했다.

"이제 재판을 할 필요가 없는 거 아닌가? 어줍지 않게 남을 살린다 하다가 제가 죽을 뻔했구만." ▶

마지막 재판관이 '토끼'가 아니고 '여우'인 점에 주목해보자.

일제강점기에 활자화된 이 이야기의 다양한 버전은 캐릭터가 각각 다르다. 함정에 빠진 것이 호랑이라는 것만 동일하다.

방금 읽은 이야기에서 호랑이를 구해주었다가 낭패를 당한

▶ 「동아일보」, 「호랑이(6), 조선역사급 민족지상의 호」1926. 1. 26.

것은 '사람', 호랑이 편 재판관은 소나무와 소, 사람 편 재판관은 여우다.

1926년 『조선동화대집』의 「은혜 모르는 호랑이」에서는, 함정에 빠진 것은 '유참사에 있는 노승(대사)'이고 호랑이 편 재판관은 칡넝쿨이다.

칡넝쿨은 말한다. "저 중놈의 무리는 우리 종족을 도무지 못 살게 한다. 끊어다가 껍질을 벗겨 노를 만들었다. 그것으로 모자를 만들어 쓰거나 돗자리를 만들어 팔아먹는다. 그 밖에 여러 가지로 못살게 하여 우리 종족이 유지할 수 없다. 그따위 놈은 얼른 잡아먹는 것이 내게도 좋으니 마음대로 하시오."

중을 구해주는 재판관은 토끼다.

1930년 『조선설화집』의 「원숭이의 재판」에서는, 호랑이를 구해준 것은 '나그네'이며, 호랑이 편 재판관은 등장하지 않고, 나그네를 구해주는 재판관은 원숭이가 맡는다. 원숭이는 「어린이 신년 원탁회의」에서도 명 재판관으로 바다 나라에 파견될 특사에 선출된 바 있다. 토끼가 "옛날부터 재판 잘하는 원숭이"라고 인정했을 정도다.

전래동화에서 머리 좋다고 알려진 동물이 두루 출연하는 것이다.

대한민국 건국 이후 수없이 되풀이된 각색에서도 호랑이의 역할은 변함이 없다.

함정에 빠진 사람은 중, 나그네, 선비가 번갈아서 맡았다.

호랑이 편 재판관은 각색 작가의 취향에 따라 다양하게 나온다. 굉장히 쉬운 역할이다. 사람을 욕하기만 하면 된다.

그래도 역시 소나무와 소가 가장 많이 출연한다. 소나무는 1980년대까지 인간의 땔감이었다. 소는 인간의 역사와 함께하면서 인간의 고기 겸 트랙터 역할을 해왔다. 힘든 노동은 기계에게 물려주었지만 고기 신세를 면하지 못했다. 나무 대표 소나무와 가축 대표 소는 사람에게 불리한 말을 늘어놓기에 딱이다.

사람 편을 드는 재판관이던 여우와 원숭이는 보이지 않고 토끼로 통일되었다. 여우는 구미호류 전래동화의 주연 캐릭터로 굳어졌다. 원숭이는 서구적인 이미지 때문인지 거의 모든 전래동화에서 단역급으로 전락하거나 빠지게 되었다.

역시 토끼가 가장 어울리는 것 같다. 호랑이를 괴롭히는 이야기라면 어디에든지 출연하는 것이다.

여러분은 위 이야기를 「토끼의 재판」 혹은 「은혜 모르는 호랑이」 같은 제목으로 읽었을 테다.

그런데 위 이야기의 핵심은 재판에 있는 것이지, 은혜에 있는 것이 아니다. 막판에 나타나 재판을 끝내버리는 토끼가 주인공이 아니라 호랑이가 주인공이다. 그렇다면 「재판 받은 호랑이」가 더 어울리는 제목이 아닐까.

어쩌면「재판 받은 호랑이」는 그저 현대적인 재판의 모습을 쉽게 설명하기 위해 탄생한 동화인지도 모른다. 조선시대의 재판도 매우 합리적이고 우수하였다고 민족주의 학자들은 주장한다. 그렇게 주장하셔봐야 소용없다. 사극 때문이다.

사극에는 합리, 이런 거 없다. 일단 의심나는 놈은 잡아다가 고문한다. 불 때까지. 아하, 조선시대 재판은 용의자를 잡아다가 지은 죄를 털어놓든 없는 죄를 지어내든 죄가 드러낼 때까지 주리를 트는 것이구나. 요즘 경찰도 그런다고 여기는 분들도 상당하다. 공권력의 형 집행은 그토록 불신당해왔다.

하여간 근대(1894년 갑오개혁 즈음) 사람은 아직 조선시대를 살고 있었다. 합리적인 재판 같은 게 있다고 여기지 않았다. 조선 정부의 정치와 사법은 완전히 개판이었다. 동학혁명이 괜히 일어난 게 아니다.

그런데 서구로부터 혹은 일본으로부터 상당히 합리적으로 판단되는 재판제도를 도입했다. 공소권, 상고권 같은 게 있어 재판을 세 번이나 받을 수 있다. 일단 재판정에 서서 억울한 사정을 떠들어볼 수가 있다.

조선시대 때는 합리적인 재판이 없다고 믿었던 이들은 대한제국기에 새로 생긴 합리적인 재판을 찬사했다. 그 재판 과정을 글자도 모르는 민중에게 가르쳐줄 요량으로 '재판' 우화를 지어낸 것일 수도 있다.

남의 일에 신경 쓰지 마! 상관하지 마! 끼어들지 마! 괜히 신경 쓰고 상관하고 끼어들면 너만 다쳐! 이런 방관 옹호를 담고 있는 이야기인지도 모른다.

호랑이가 살려달라고 빌든 말든 사람이 그냥 지나갔으면 아무 사건도 일어나지 않았다. '어줍지 않게 남을 살린다'고 나섰다가 도리어 위험에 처한 것이다.(옛날엔 호랑이가 함정에 빠져 있어도 구해주는 게 인지상정이었던 모양이다. 의외로 함정에 빠진 호랑이를 구해주는 설화가 많다.)

지하철에서 추행범이 여성을 괴롭히고 있을 때 여러분은 참견할 것인가 방관할 것인가. 어떤 운동부 선생님이 낮에는 몽둥이로 패서 지도 편달하고, 밤에는 여학생을 하나씩 불러 몹쓸 짓을 하는 것을 알게 되었다. 여러분은 모른 체할 것인가 고발할 것인가. 내부 고발자가 될 수 있을 것인가? 남의 일에 신경 끌 것인가 신경 쓸 것인가. 참견인가 방관인가? 이런 훌륭한 토론 자료의 예시로 쓸 만한 동화가 바로「재판 받는 호랑이」다.

이 동화를 바라보는 가장 단순한 관점이 '은혜를 아니 모르니' 아닐는지.

전래동화에서 토끼가 늘 호랑이에게 적대적인 것은 아니다. 토끼가 늘 호랑이를 속이고 괴롭히고 죽이는 것은 아니다. 호랑이와 토끼가 사이좋은 사제 지간이나 의형제처럼 설정된 이야기도 상당하다.

사실 호랑이와 토끼가 싸울 이유가 없지 않은가. 토끼는 워낙 잽싸서 호랑이가 잡기도 어려웠다. 토끼처럼 작은 짐승으로는 요기도 안 되었을 테다. 호랑이의 주식은 사슴과 노루와 멧돼지였다. 호랑이와 토끼를 원한 관계로 설정하기에는 별로 설득력이 없었다.

아무래도 토끼와 호랑이가 상극의 원수로 설정되는 전래동화는 일제강점기에 탄생했을 테다. 조선이 호랑이인가 토끼인가, 일본이 호랑이고 토끼인가, 라는 대결 관념에서 비롯된 것이다.

때문에 호랑이와 토끼가 싸우지 않는 이야기일수록 더 오래된 이야기라고 추측할 수 있다.

호랑이와 토끼가 쌍으로 당하는 동화▶가 있다. 전래동화 세계에서 최강의 무력을 자랑하는 호랑이. 그 호랑이를 가장 괴롭힐 만큼 머리가 좋은 토끼. 이 둘이 힘을 합치지는 않더라도 싸우지만 않는다면, 둘이 함께 있는 것만으로 천하무적일 테다.

그 누가 호랑이와 토끼를 쌍으로 엿 먹였을까.

호랑이와 토끼와 두꺼비가 만났다. 호랑이가 발론發論했다. 우리 셋이 무슨 내기를 해서 지는 쪽이 한턱 내기로 하자. 토끼와 두꺼비가 감히 반대하지 못했다.

호랑이가 문제를 내었다. "누가 제일 나이가 많은가."

▶ 『동아일보』「녜도한 사람 ◇ 둑겁이의 의몽」 1921. 6. 12.

호랑이가 배가 덜 고팠나 보다. 토끼를 만났으면 우선 잡아먹고 볼 일인데 내기라니. 한턱 내기니까 결국 먹을 거 내기지만.

일제강점기『동아일보』는 무수한 옛이야기를 실었다. '녜도 한 사람', '전설의 조선', '야담', '동화' 등의 란을 통해 줄기차게 옛이야기를 조선인 대중에게 알렸다.

거의 모든 구전설화를 문자로 고정시켰다고 할 만하다. 물론 이 책의 주인공 호랑이 이야기가 압도적으로 많다.

「두꺼비의 의뭉」은『동아일보』호랑이 전래동화 퍼레이드의 1번이다. 처음으로 등장한 호랑이가 하는 일이 힘없고 약한 애들 둘 앉혀놓고 나이 따지는 거다.

호랑이가 먼저 제 나이를 비유적으로 말했다.

"나는 천황天皇씨와 동갑이다."

토끼는 조금 있다가 겨우 말했다. "나는 지황씨와 동갑이다."

호랑이는 "나는 하늘이 생긴 때와 동갑", 토끼는 "나는 땅이 생긴 때와 동갑"이라고 말한 것이다.

두꺼비는 돌아앉아서 갑자기 훌쩍훌쩍 울었다. 호랑이와 토끼가 물었다.

"왜 울어?"

"내 아들 생각이 나서 운다. 내 아들과 너희들이 동갑이구나. 내 아들아, 너는 어디에 있단 말이냐?"

호랑이는 기가 막혔다. 꾹 참고 또 하나의 문제를 내었다.

"누가 제일 키가 큰가?"

나이로 안 되니까 키로 따지자는 거다. 「단군신화」에서 하늘님의 불공정 때문에 사람 되기 게임에서 무조건 질 수밖에 없었던 호랑이도 하늘님을 닮아간다. 재어보나 마나 자기가 제일 크다. 자기가 무조건 이기는 문제를 낸 것이다. 제 마음대로 게임을 열고 종목도 제 마음대로 정하고, 다 제 마음대로다. 이런 걸 '주최 측의 농간'이라고 한다. 우리나라 각계 각 분야가 건전해지려면 '주최 측의 농간'부터 줄여야 한다.

호랑이가 먼저 말했다. "나는 하늘을 만진다."

토끼도 말했다. "나는 하늘을 만질 듯하다."

두꺼비가 물었다. "하늘이 깔깔하드냐 빤빤하드냐?"

호랑이 생각에 하늘에 별도 있고 달도 있다. 무엇이 있으니 빤빤할 수는 없다. "깔깔하다!"

두꺼비가 웃으면서 말했다. "겨우 내 넓적다리를 만졌구나."

호랑이는 또 기가 막혀 용맹勇猛으로 다투어보기로 했다. 넓은 개천가로 데리고 갔다. "건너뛰기로 하자!"

머리(지혜)로도 안 되고 외모로도 안 되니까 몸뚱이(체력)로 해보자는 거다. 호랑이 심정도 이해는 간다. 얼마나 약 올랐겠는가. 한주먹거리도 안 되는 녀석의 말장난에 휘둘리는 것이 무척 자존심 상했을 테다.

아빠도 아이가 자꾸 비아냥거리면 화난다. 아빠랑 혹시 인터넷게임을 해본 적이 있는가. 독자께서 일방적으로 이긴 적이 많을 테다. 독자는 무심코 말했을 지도 모른다.

"아빠는 나보다 나이도 많으면서 나한테 지네!"

독자는 사실을 말했겠지만 아빠한테는 조롱으로 들렸을 수도 있다. 아빠 체면에 터무니없는 성질을 부릴 수는 없다. 아빠는 자신 있는 종목, 이를테면 바둑을 두자고 할 수도 있다. 막상 바둑을 두게 되면 아빠가 적당히 져주겠지만 일부러 져주는 것과 진짜로 지는 것은 하늘과 땅 차이다. "아빠는 왜 만날 나한테 져?" 같은 말을 들으면, 아빠도 화난다. 독자 여러분, 아빠랑 인터넷게임이나 스포츠 할 때 살살 다뤄주세요.

호랑이가 먼저 뛰었다. 앞뒤 생각 없이 선봉장으로 나대는 것이 참 호랑이답다. 호랑이가 건너뛰려 할 때 두꺼비는 호랑이 꽁지 끝에 매달렸다. 호랑이가 우아하게 개천을 건너뛰었다. 호랑이 꼬랑지에 매달렸던 두꺼비도 덩달아 개천을 날아올랐다. 잡고 있던 호랑이 꼬랑지를 놓아버리자, 호랑이보다 훨씬 멀리까지 갔다.

안타까운 것은 토끼다. 호랑이랑 나올 때는 늘 주역이었는데 이 이야기에서는 두꺼비한테 밀렸다. 조연이다. 존재감이 없다. 개천을 어떻게 건넜다는 건지도 알려주지 않는다. 아마도 개천을 건너뛰기에 다리가 너무 짧으니 헤엄쳐 건넜을 테다.

호랑이는 이번에 드디어 이겼구나! 두꺼비 놈은 절대로 개천을 못 건너오겠지. 상쾌히 여겼다. 그때 두꺼비가 짚신 밑에서 짠 하고 기어 나와 말했다.

"너희들 인제 건너왔느냐? 나는 벌써 와서 짚신 한 짝까지 삼

124

왔다."

호랑이와 토끼는 할 수 없이 한턱을 냈다.

호랑이는 멍텅구리로 나올 때가 태반이다. 이 동화에서도 멍청해서 두꺼비한테 속은 것도 몰랐군, 할 수 있다. 또 호랑이는 힘이 센 만큼 너그러운 면도 있다. 두꺼비가 속였다는 걸 알고도 그냥 넘어갈 수 있다.

"그 작은 머리로 꾀 쓰느라 애썼다. 그래, 내가 졌다."

우리나라의 '호랑이' 소리 들을 만큼 힘세고 부유한 분들은 왜 그리도 너그럽지 않은지 모르겠다. 너그러움(노블레스 오블리주noblesse oblige)을 실천하는 분은 가물에 콩 나듯 한다. 없는 사람이 겨우 하나 가진 것마저 빼앗으려는 99개 가진 갑질 부자만 가득하다.

토끼가 가만히 있었다는 건 의외다. 거의 모든 설화에서 토끼는 최고의 지혜를 자랑하며 최대의 비판 정신을 보여준다. 머리까지 좋은 따짐쟁이다. 딴지의 달인이다. 토끼는 분명 두꺼비의 속임수를 알아챘을 테다. 이의 제기 없이 결과를 수긍하다니.

결과는 정해졌다. 호랑이와 토끼는 두꺼비에게 무슨 한턱을 내었을까.

학창 시절엔 몇 학년인가부터 따진다. 사회에선 나이부터 따진다. 나이가 들수록 첫 대면한 사람의 나이를 파악하는 게 중요하다. 나이 말고도 파악할 게 줄줄이 사탕이다.

학벌(서울대? 연고대? 인서울? 지방대? 대학원은? 해외 유학파인가?), 출신지(경상도인가 전라도인가? 서울인가 비서울인가? 강남인가 강북인가?), 이념(좌파인가? 우파인가? 중도인가?) 등등. 하지만 나이 말고 다른 것은 서서히 알아볼 수밖에 없다.

다른 나라 사람은 나이부터 안 따지는지, 한국인이 나이부터 따지는 것을 부끄러워하고 반성해야 한다는 분이 제법 많다.

그러니까 「두꺼비의 의뭉」은 한국인의 나이부터 따지기 전통이 아주 오래되었다는 것을 증거하는 셈이다.

역설적으로 읽어야 할지도 모른다.

나이 따지기를 기본으로 알아온 조선 사회였다. 장유유서長幼有序 빼면 허수아비였다. 윗물과 아랫물에도 순서가 있었다.

1894년 갑오개혁을 기점으로 개화 바람이 불었다. 일제 강점 10년 동안 세상은 무서운 속도로 변했다. 무엇보다 젊은이들이 득세했다. 사서삼경四書三經을 배우고 자랐으며 그걸로 행세했던 구한국 사람은 완전 늙은이 취급을 받았다. 특히 지식인 사회는 젊은이의 시대였다. 일본에서 유학하고 돌아온 청년은 나이 든 자를 무시하며 새로운 세상을 외쳤다.

「두꺼비의 의뭉」은 아무리 그래도 장유유서라고 나이를 따지려드는 늙은 세대의 안타까운 모습이 반영된 것일 수도 있다. 정반대로 신세대가 나이밖에 따질 것이 없는 늙은 세대를 조롱

하는 것일 수도 있다.

늙은 세대와 신세대의 갈등과 조화를 풍자한 것일 수도 있다. 호랑이가 제시한 내기가 키(외모) 자랑, 개천 건너뛰기(체력)다. 그렇다면 호랑이는 신세대라고 할 수 있다. 신세대는 나이로 안 되니까 자신 있는 외모와 체력으로 겨루자고 한다. 구세대를 상징하는 두꺼비는 신세대의 도전을 지혜(사기일지라도)로써 눙치는 것이다. 신세대는 허허 웃고 구세대의 나이(연륜)을 인정할 수밖에 없다.

토끼는 뭐, 요즘 말로 사이에 낀 세대라고 보면 되겠다.

이 동화의 결말이 무엇인가. 늙은 세대, 낀 세대, 젊은 세대가 '한턱'을 즐기는 것이다. 당시 지식인들이 바라던 가장 이상적인 모습이다.

이처럼 따지면 따질수록 생각할 거리가 샘솟는 것이 전래동화의 본모습이다.

어느 산중에 호랑이 한 마리가 새끼들을 데리고 약한 짐승들을 잡아먹을 요량으로 눈을 사방으로 둘러보고 앉았다. 노루, 삵, 토끼 들이 모여 걱정을 했다. 협력하여 방어할 계책은 아니하고, 그중에서 또한 강약을 따져 서로 잡아먹으려고 했다. (결국 대책 없이) 모두 헤어지고 말았다. 과연 호랑이에게 하나씩 둘씩 잡혀 죽었다. 원한을 가진들 무슨 소용.

이야기라기에는 너무 짧고 풍자적이다. 요즘의 소셜 네트워크 메시지 같다.

메시지는 간단할 테다. 조선인들아. 무슨 단체 무슨 이념으로 갈라서서 싸우지들 말라. 지금 일본이라는 호랑이가 눈앞에 으르렁거리고 있다. 호랑이가 너희를 하나씩 잡아먹을 것이다. 민족주의고 사회주의고 간에 왜 약한 것들끼리 싸우고 있는가. 단결해서 호랑이를 막을 방책을 세워야 한다. 너희끼리 싸우다 대책 없이 흩어지면, 일본 경찰에게 하나씩 잡아먹힐 것이다. 후회한들 무슨 소용일까.

당시의 현실을 그대로 보여주는 짧은 우화다. 지금도 가만히 보면 꼭 약자끼리, 불우한 이웃끼리, 소수자끼리 더 잘 싸운다. 힘 부족하고 가난한 이들은 자기들끼리 잘 싸운다. 싸워도 심하게 싸워서 산통이 깨지는 일이 많다.

강자끼리, 상류층끼리, 특권층끼리, 재벌끼리, 국회의원끼리는 잘 싸우지 않는다. 싸우는 척할 뿐이다. 한바탕 싸울 듯하다가도 단결한다.

소위 진보를 외치는 쪽은 하도 자주 흩어지고 자주 뭉쳐서 정신을 차릴 수 없다.

소위 보수를 외치는 이들은 좀처럼 깨지지 않는다. 하나로 똘

▶ 「동아일보」 「원한이 무슨 소용」 1921. 7. 20.

똘 뭉쳐 있다.

아마 '생각'의 문제 때문일 테다.

기득권 쪽은 기득권을 지켜내는 방법 하나만 생각하면 된다. 그 방법은 의외로 간단하다. 죽어도 안 내놓는 것. 기득권 쪽은 기득권을 가졌다는 것으로 이미 단일한 마음이니 단일한 행동을 취할 수 있다.

없는 쪽은 가지기 위해서 갖가지 가질 방법을 생각해내야 한다. 그 생각은 너무나 다양하다.

일제강점기에도 마찬가지였다. 일본 통치 권력이라는 거대한 호랑이! 그 앞에서 노루, 삵, 토끼 같은 조선 지식인은 하나된 생각을 갖지 못했다. 서로 잘났다고 다툼이나 벌였다.

각색 인기 순위 1등을 차지한 「토끼의 꾀」로 돌아가 보자. 왜 이 이야기가 1등을 했을까. 각색자들이 이 이야기를 그토록 자주 우려먹은 것은, 어린이가 이 이야기를 재미있어할 것이라고 판단했기 때문일 테다. 실제로 어린이가 이 이야기를 가장 좋아하기도 했을 테다.

도대체 왜 좋아했을까?

「토끼의 꾀」는 한마디로 약자가 강자를 골탕 먹이는 이야기다. 골탕 먹이기는 약자가 주로 사용하는 처세법이다. 강자는 굳이 골탕을 먹일 필요가 없다. 약자는 알아서 복종한다. 복종하지 않던 약자도 으르렁 위협 한 번이면 깨갱한다.

어린이는 약자다. 가정에서나 학교에서나 온통 강한 자에게 둘러싸여 있다. 왕따 역할을 맡는 어린이만 약자가 아니다. 강자의 비위를 맞추며 강자와 함께 왕따를 괴롭히는 이도 약자다. 약자는 현실에서는 어쩔 수 없더라도 상상 속에서는, 꿈속에서는 강자에게 골탕을 먹이며 즐거워했을 테다. 스트레스를 해소했을 테다.

약한 어린이는 토끼가 호랑이를 골탕 먹이는 것을 보면 쾌감을 맛보았을 테다. 「토끼의 꾀」는 약자의 카타르시스 해소를 대신해주는 이야기였다. 장구한 세월 동안 변함없이 인기 1위를 유지한 것은 너무나도 자연스럽다.

> 그리고 이 선생님은 언제든지 학과를 가르치시다가 조금만 잘못하는 아이가 있으면 기어이 교단 앞으로 불러내어 꾸지람을 톡톡히 하시는 선생님이었습니다. 그러나 그렇다고 학생들에 혹독한 벌을 주시거나 매를 때리시는 일은 절대로 없었습니다. 그런 까닭에 학생들은 이 선생님을 몹시 무서워하기도 하고 또 너그러운 성정을 항상 감사해하기도 하였습니다. 그래서 "호랑이 같으면서도 토끼 같은 선생님이라"는 별명을 짓고 이 선생님을 무한히 따르는 것이었습니다. ▶

▶ 「동아일보」 「사랑의 학교」 「교장 선생님」 (1), 이정호 역, 1929. 1. 30.

옛날이나 지금이나 학생 노릇도 힘들고 선생 노릇도 힘들다. 요즘도 학생 얼굴을 봉걸레로 문지를 정도로 폭력적인 선생이 있다. 개기고 대드는 건 보통이고 반항하고 성희롱하고 주먹질까지 하는 도 넘은 학생도 심심찮다.

'옛날엔 안 그랬다'는 말은 거짓말이다. 학교가 생긴 이래 도 넘은 학생은 늘 있었다. 학생은 늘 바랐다. '호랑이 같으면서 토끼 같은 선생님'을.

선생님 또한 늘 바랐다. '호랑이 같으면서도 토끼 같은 학생'을.

십이지신十二支辰 유래담

십이지신十二支辰 유래담

여러분은 십이지신 열두 동물의 순서를 잘 알 테다. 순서는 왜 그렇게 정해졌을까? 어째서 쥐 따위가 1등인가? 우리민족의 상징, 백수百獸의 제왕 호랑이는 왜 겨우 3등이란 말인가.

십이지신 순서에 대한 유래담은 크게 세 가지가 있다.

첫째 '십이지신 정하기 대회'.

간혹 신(神, God) 대우를 받았던 동물이 있다.

기독교, 이슬람, 유대교는 유일신을 믿는다. 우주에 신은 오로지 한 분이라는 거다. 공산주의 국가도 따지고 보면 유일신을 믿고 있는 셈이다. '공산주의'가 유일한 신인 거다. 심지어 그 나라 공산주의자의 수령인지가 살아 있는 신처럼 행세하는 경우도 있다. 자본주의 국가든 공산주의 국가든 진정한 유일신은 '돈'일지도 모른다. 이 시대의 진정한 유일신은 '스마트폰'일 수도 있다.

암튼 세계에는 200여 개 나라가 있고 몇십억의 사람이 살고 있지만, 신은 몇 분 안 계신 셈이다.

우리나라는 모든 종교가 법적으로나 실제적으로나 도덕적으로나 자유로이 허용되는 특별한 나라 중 하나다.

예로부터 인도는 신 천지라고 해도 좋을 만한 힌두교의 나라였다. 동아시아 나라들도 그리스와 로마만큼 다양한 신을 모셨다. 새로이 입국한 신들에게도 그리 모질지 않았다. 우리나라도 모든 신이 동거가 가능한 땅이었다.

그 모든 신에게는 등급이 있었다. 유일신교는 신이 단 한 분이니 등급을 매길 필요가 없었다. 다신교는 신이 너무나도 많다 보니 차별하여 구분할 수밖에 없었다.

물론 최고의 자리는 하늘님의 것이었다. 우주에서 가장 높고 광활하고 경이로운 곳을 관장하시는 하늘님.

아득한 옛날, 하늘님이 심심하셨던 모양이다. 아니면 동물을 긍휼히 여기셨나 보다. 산마다 물마다 바다마다 신성을 부여했다. '동물에게도 신성을 부여해야 하지 않을까?'

동물들이 데모를 벌였을지도 모른다. 우리도 신이 되고 싶어요!

하늘님이 세배 받은 대가로, 그러니까 세뱃돈으로, 동물 신을 지정했다는 버전도 있지만 말이다.

어쨌거나 하늘님은 열두 짐승만 뽑아 동물 신의 지위를 주고자 했다. 하필이면 딱 열둘인가? 인간은 하루를 열둘의 시간대로 나누어 살았다. 열두 녀석을 뽑아서 각 시간대를 책임지는 시간 신으로 삼아야겠군, 하신 모양이다.

하늘님은 공정한 척하셨다. 특별히 어떤 동물을 편애하여 점찍지 않은 척했다. 동물의 충성도를 따지지도 않았다. 모든 동물에게 평등한 기준을 준 듯 보였다. 동물 신 선발 기준은 아주 간단하였다.

선착순!

정월 초하루, 선착순으로 12등까지 동물 신의 지위를 준다.

어떻게 와야 하는지에 대해서는 확실히 말씀해주지 않았다.

분명한 것은 날아오면 안 되었던 모양이다. 수상자 열둘 중에 새는 하나밖에 없다. 날지 못하는 것이나 마찬가지인 닭이다. 날아와도 된다고 했다면, 나는 새들이 전부 뒤쳐졌을 리는 없다.

혹자는 용은 날아오지 않았느냐라고 물을 수 있겠다. 용도 날아오지 않았을 테다. 날아도 되었다면 용이 5등밖에 못했을 리 없다.

또 헤엄치기도 분명히 아니었을 테다. 수상자 열둘 중에 물고기는 하나도 없다.

그래서 대부분의 각색은 '달리기'다.

무슨 시합이 되었든 하늘님은 공정하지 않았다. 하늘님은 확실히 포유류를 편애하셨다. 날지 못하게 하여 조류를 어처구니없게 만들었다. 그나마 닭이라도 배출했다는 게 위안이다. 헤엄치지 못하게 하여 어류를 황당하게 만들었다. 날지 못하게 한 것은 곤충에게도 어이없는 일이었다. 헤엄치지 못하게 한 것은 양서류에도 황당한 바였다. 하여 곤충과 양서류는 열두 동물 중에 한 자리도 배출하지 못했다. 파충류에게도 불리한 게임이었던 게 확실하다. 뱀이 겨우 한 자리 차지했으니 말이다.

여하간 하늘님의 말씀을 전해 들은 동물들은 몹시 기뻐했다. 그래봐야 잡신이겠지만 그래도 신이 된다는데 그 아니 좋을쏘냐. 저마다 빨리 도착하기 위해 맹훈련을 했다. 그중에서도 소가 가장 열심히 수련을 했다. 그렇지만 훈련을 포기해버린 녀석이 있었다. 쥐는 훈련으로 될 일이 아니라고 여기고 머리를 쓰기로 했다. 어느 동물이 가장 열심인가를 살폈다.

어쩌면 이때의 시합은 달리기도 아니었을지도 모른다. 달리기는 뱀이 훈련한다고 해서 가능한 게 아니지 않은가? 날기도 아니고 달리기도 아니고 기어가기도 아닌 것 같고, 도대체 뭐였을까. '열심히 훈련하는' 정도에 순위가 달려 있었던 게 아닐까.

소가 1등으로 도착할 뻔했다. 소 등에서 훌쩍 뛰어내린 쥐가 1등을 했다. 소는 분했지만 두 번째가 될 수밖에 없었다. '쥐가 십이지의 첫머리로 자리 잡을 수 있었던 것은 자신의 미약한 힘을 일찍 파악하고, 약삭빠르게 꾀를 썼기 때문이다'라고 한다.

달리 말하면 쥐는 완벽한 사기를 쳤다.

쥐가 사기를 친 것은 뭐 그럴 수도 있는 일이다. 쥐는 약삭빠르니까. 그러나 쥐의 명백한 사기를 용납한 하늘님은?

하늘님이 쥐가 사기 치는 것까지 신경 써야 되냐고?

하늘님이시잖아요. 하늘님은 모든 걸 다 아시는 분이잖아요. 게다가 하늘님이 주관한 선착순이잖아요. 동물이 어떻게 시합하는지 궁금하지도 않으셨답니까? 직접 감시하기 어려우셨으면 그 숱한 부하 신 두었다 무엇 하셨어요? 심판이라도 보게 했어야죠.

암튼 하늘님은 명백한 사기를 용인했다. 이 세상에 거의 진리와도 같은 말씀 하나를 하신 셈이 되었다.

쥐처럼, 사기를 쳐서라도 1등 해라!

과연 하늘님 말씀은 사람에게 깊은 감명을 끼쳤다. 그 오랜 세월이 흘렀어도 하늘님의 그 말씀을 금과옥조로 여기며 남들 사기 쳐서 1등하겠다고 설치는 사람이 그토록 흔하다.

조금 다른 버전에서는 소도 사기꾼이다. 앞의 버전에서 가장 열심히 훈련하고도 쥐에게 사기를 당해 2등에 머물렀던 우직하고 불쌍한 소. 이 버전에서는 쥐랑 오십보백보다.

소는 달리기 경주에 자신이 없었다. 말이나 개나 호랑이에게는 어림도 없고 돼지에게도 이길 가망이 없다고 생각했다. 그래서 소는 남보다 일찍 출발했다. 다른 동물들이 다 잠든 그믐날 밤에 길을 떠난 것이다. 눈치 빠른 쥐가 잽싸게 소 등에 올라탔다. 이 버전에서도 소는 쥐에게 1등을 빼앗겼지만 어쨌거나 쥐에게 사기당했다고 불퉁거릴 주제가 못 된다.

이 버전은 우리를 더욱 안타깝게 한다. 약삭빠른 쥐야 원래 그런 족속이니 그러려니 할 수 있다. 우직함의 대명사인 소마저 사기를 치다니. 경쟁 사회를 풍자하는 것 같잖은가.

사실 하늘님은 언제 출발하라고 확실하게 말씀하지는 않았다. 정월 초하루에 오라고 했을 뿐이다. 그럼 아무 때나 가도 되는 것 아닌가? 그믐날 밤에 출발이 아니라 도착해 있어도 상관없는 건 아닌가? 그렇다면 소는 사기를 친 게 아니다. 다른 동물들이 게을렀을 뿐이다. 정월 초하루에 오라고 했다고 정월 초하루 동이 터서야 출발한단 말인가?

그러나 다른 동물들은 억울하다. 정월 초하루에 오라고 했으면 정월 초하루 동틀 무렵에 출발하라는 소리 아닌가? 이것은 누가 굳이 말해줄 필요가 없는 상식이며 관습이 아닌가? 위대하신 하늘님이 언제 출발하라고 구체적으로 말씀 안 하신 이유가 무엇이겠는가. 너무나도 당연한 말이니까 할 필요가 없다고 생각하셨겠지.

생각의 차이라고 해두자. 출발 시간에 제한이 없다고 생각한 소와 당일 동틀 무렵에 출발해야 한다고 생각한 다른 동물들. 생각의 차이가 순위를 갈랐다.

소와 쥐를 제외하고 나머지 동물은 동틀 무렵에 출발하여 선착순으로 도착했다. 천 리를 쉬지 않고 달리는 호랑이는 3등을 했다. 우리 민족은 슬프다. 우리의 사랑, 우리의 자랑, 우리의 상징, 호랑이가 동메달이라니.

호랑이의 시속은 60~65킬로미터란다. 시속 70킬로미터대인 말과 개보다 앞선 것은 높이 평가할 만한 일이다. 사기꾼 소와 쥐를 제외하고 따진다면, 동물의 제왕답게 1등을 했다.

조건이 좋기는 했다. 시속 수백 킬로미터대의 새들이 참가할 수 없었다. 시속 백 킬로미터대인 치타, 시속 80킬로미터 이상인 북미 영양, 누, 사자, 북미 톰슨가젤 같은 동물들은 동북아시아에 살지 않았다.

토끼가 4등을 했다. 의외다. 아무리 토끼가 빠르다고는 하지만 말과 개보다 빠르다니. 어쩌면 토끼 녀석도 오는 중에 사기를 쳤을지 모른다. 꾀가 좀 많은가. 꾀주머니 토끼는 호랑이의 숙적이라고 할 만하다. 체급으로 볼 때 비교의 대상조차 되지 못하는 토끼는 수없이 많은 호랑이를 울렸고 다치게 만들었고 심지어 죽도록 만들었다. 토끼는 혹시 곶감으로 오해 받은 소도둑처럼 호랑이 등을 타고 온 건 아닐까?

5등은 용이다. 용은 실재하지 않는 것으로 알려져 있다. 아득한 옛날에 실재했는지도 모른다. 다른 설화에서는, 특히 중국 설화에서는 하늘님 부럽지 않을 만큼 어마어마한 능력을 자랑한다. 날아다니는 것은 기본이고 달리기도 엄청 잘했을 테다. 그런데도 5등밖에 못했다는 것은 의외다. 십이지신 이야기의 발원지도 중국인데 말이다.

가장 납득하기 어려운 바가 6등인 뱀이다. 뱀이 어떻게 6등을? 달리기 경주였다면 도저히 불가능한 일이다. 기어가기 경주도 아니었을 테다. 기어가기였다면 1등을 했을 테니까. 그 무엇으로 경주를 하면 뱀이 6등이나 할 수 있단 말인가? 어쩌면 뱀도 쥐처럼 사기를 친 게 아닐까? 용의 갈기에 달라붙어서 왔을 수도 있지 않은가?

7등은 말이다. 용을 제외하고 말하자면 동북아시아에서 가장 빠르다고 알려진 터수에 체면이 말이 아니다.

8등은 양, 9등은 원숭이다. 양과 원숭이도 제법 빠른 모양이다.

10등은 닭이다. 뱀의 6등만큼이나 납득하기 어렵다. 날지 못하는 거나 마찬가지인 닭은 타조처럼 빠르지도 않다. 아득한 옛날에 타조처럼 빨랐던 것일까? 닭도 사기를 쳤던 게 아닐까? 원숭이 꼬리를 붙잡고 왔을지도 모르는 일이다.

필자는 십이지신 중에 다섯이나 사기꾼으로 확신하거나 의심했다. 쥐, 소, 토끼, 뱀, 닭. 내 의심이 말도 안 되기를 바란다. 내 의심이 맞다면 십이지신 동화는 사기꾼 동화가 될 테니까.

정말이지 달리기 시합이 아니었을지도 모른다. 소가 사기 쳤다는 버전 말고, 소가 가장 열심히 훈련했다는 버전을 돌이켜보자. 달리기도 아니고 날기도 아니고 헤엄치기도 아니라면?

'가장 열심히 훈련한'이 진실이다. 그래야만 토끼가 4등을 할 수 있고, 뱀이 6등을 할 수 있고, 닭이 10등을 할 수 있다. 조류와 어류와 양서류와 곤충류가 십이지신을 하나도 배출하지 못한 것은 하늘님의 공정하지 못함 때문이 아니었다. 열심히 훈련한 녀석이 하나도 없었던 것이다.

11등은 개다. 달리기 시합이 아니었다고 하더라도 부끄러운 성적이다. '가장 열심히' 할 때 가장 먼저 떠오르는 동물이 소다. 소 다음엔? 개일 테다. 개는 고정관념을 깼다.

12등은 돼지다. 애썼다.

두 번째 십이지신 유래담은 이야기라고 하기엔 애매하다. 차라리 설명문이다.

하루의 시간을 표시하기 위해 동물의 이미지를 기호로 사용한다. 동물의 발가락 수는 짝수(양) 아니면 홀수(음)다. 짝수(양) 동물과 홀수(음) 동물을 번갈아 배치한다. 그 시간대에 가장 인상적인 동물을 배치한다.

자시(23시~01시)는 쥐가 으뜸으로 열심히 뛰어다니는 때.

축시(01~03시)는 소(발가락 4, 이하 수만 표기)가 한참 반추하며 밭갈이 나갈 준비를 할 때.

인시(03~05시)는 범(5)이 하루 중 제일 흉악한 때.

묘시(05~07시)는 달이 아직 중천에 걸려 있어 그 속에 옥토끼(4)가 보이는 때.

진시(07~09시)는 용(5)이 날면서 강우 준비를 하는 때.

사시(09~11시)는 뱀(0)이 자고 있을 때.

오시(11~13시)는 말(7)이 땅에서 달리고 '음기'가 머리를 들기 시작하는 때.

미시(13~15시)는 양(4)이 풀을 뜯어 먹어야 할 때.

신시(15~17시)는 원숭이(5)가 울음소리를 으뜸 많이 내는 때.

유시(17~19시)는 닭(4)이 둥지에 들어가는 때.

술시(19~21시)는 개(5)의 집 지키는 일이 시작되는 때.

해시(21~23시)는 돼지(4)가 가장 단잠을 자고 있는 때.

쥐는 특이하게도 앞뒤 발가락 수가 다르다. 앞발은 홀수(5개)이고 뒷발은 짝수(4개)이다. 특이하긴 특이하다. 특이해서 맨 먼저 자리를 잡았다는 것인데, 그렇다면 특이하니까 맨 뒤에 자리를 잡을 수도 있을 테다.

바로 그렇다. 쥐의 시간, 자시(23~01시)는 맨 앞이기도 하지만 맨 뒤이기도 한다. 처음과 끝을 이어주는 시간이다. 트럼프의 A랑 흡사하다. 큰 숫자와 작은 숫자를 이어주는 A.

암튼 다 좋은 말이 쓰여 있다. 이 책의 주인공 호랑이만 빼고.

쓸 말이 그렇게도 없었단 말인가. '제일 흉악한 때'라니.

원숭이의 시간인 대낮을 호랑이의 시간으로 할 수도 있지 않은가. 호랑이가 푹 자고 있는 시간으로 말이다. 새벽, 호랑이가 가장 흉악한 때인 것은 맞다. 야행성인 호랑이는 밤새 사냥감을 찾아 산속을 헤맸다. 사냥에 성공하지 못했다면, 새벽은 쫄쫄

굵은 배를 부둥켜안고 아주 포악해져 있을 때다.

내 동생은 호랑이띠고, 호랑이가 아주 흉악하다는 바로 그 시간에 태어났다. 어머니가 늘 말씀하시길, 새벽은 호랑이가 사냥 다니느라고 정신없이 바쁠 때 아니냐? 평생 바쁘게 살아야 할 팔자다! 과연 어머니 말이 맞아서 동생은 정신없이 바쁘게 살고 있다. 무슨 동물 띠냐가 중요한 게 아니라, 그 동물이 어떠한 시간에 태어나는 게 중요한 모양이다.

세 번째 유래담은 인도에서 유래한 것이 틀림없다.

정월 초하루에 동물들을 소집한 분이 하늘님이 아니라 석가모니라는 것이다.

하루는 석가모니가 대세지보살(大勢至菩薩, 지혜의 문을 관장한다)을 불러 명했다. 천국으로 통하는 열두 개 문의 수문장을 지상의 동물 중에서 선정하여 일 년씩 돌아가면서 당직을 세우도록 하라는 명령이었다.

대세지보살은 열두 동물을 선정했다. 그들의 서열을 정하기 위해서 모두 불러 모았다.

열두 동물 중 고양이는 모든 동물의 무술 스승이므로 제일 앞자리에 앉혔다. 그리고 순서대로 소, 범, 토끼, 용, 뱀, 말, 양, 원숭이, 닭, 돼지, 개를 앉혔다.

무엄하다. 우리 호랑이를 세 번째 자리에 앉히다니.

하필이면 왜 열두 동물을 불렀는지, 다른 동물들은 왜 무시했는지, 동물의 순서를 왜 그렇게 정했는지도 알 수 없다.

그리고 고양이가 모든 동물의 무술 스승이라니. 고양이가 무술 스승이면 호랑이는 무술 황제겠다.

열두 동물에 대한 석가모니의 훈계가 예정되어 있었다. 대세지보살은 석가모니를 마중 나갔다.

고양이는 갑자기 뒤가 마려웠다. 참다 참다 견딜 수 없어 뒤를 보려고 자리를 비웠다.

공교롭게도 이 때 석가모니가 왕림하셨다. 석가모니가 소집된 동물들을 살펴보니 하나가 부족했다.

어찌된 영문인지 물었다. 생쥐가 별안간 툭 튀어나오더니 아뢰었다.

"저는 고양이 친구 쥐입니다. 고양이는 수문장 일이 힘들고 번거로울 거라고 불퉁대더니 도망가버렸습니다."

인도에서도 쥐는 간교한 캐릭터인 모양이다.

석가모니는 쥐에게 어쩔 수 없으니 네가 고양이 대신 수문장을 맡으라고 했다. 한번 뱉은 말은 다시 주워 담을 수 없으므로, 쥐를 포함한 열두 동물이 천국의 수문장이 되었다. 뒤늦게 이 사실을 안 고양이는 간교한 쥐에게 원한을 품고 영원토록 쥐를 잡으러 다녔다.

석가모니님, 엄청 잘못했다.

자기의 충실한 부하 대세지보살이 정한 순서다. 어련히 잘 정했을까. 고양이가 자리에 없다면 그 이유를 알아보아야 했다. 알아볼 필요도 없이 그 위대하신 석가모니이시니 알아야 했다. 간교한 쥐의 말만 믿고 수문장을 교체하다니. 대세지보살의 체면은 뭐가 된단 말인가? 어쩔 수 없긴 뭐가 어쩔 수 없단 말인가? 어차피 석가모니가 절대 권력자 아닌가? 간교한 쥐를 벌주고 고양이를 기다려야 했다. 고양이가 뒤를 봤으면 얼마나 봤겠는가? 그걸 못 기다리시다니. 십이지신은 뒤도 보지 말라는 건가?

어쨌거나 석가모니도 하늘님과 마찬가지로 쥐의 사기를 용인하고 말았다.

십이지신 유래담은 인간의 역사를 예견하고 있다. 이 동물들처럼 경쟁하리라. 단지 남보다 빨리 도달하기 위해, 높은 자리에 있기 위해, 죽도록 다투리라.

의미 없는 선착순과도 같은 역사!

그리고 소처럼 노력하는 자보다 쥐처럼 간교한 자가 더 빠르리라, 더 높이 있으리라.

그리고 호랑이는 늘 최고 같지만 결국엔 3등밖에 못 되리라!

그래서 호랑이 같은 조폭은 무수한 영화나 드라마에서 갑질 재벌(넘버1)과 정치꾼(넘버2)의 하이에나 역할을 맡는 넘버3인 것이다.

단군신화 호랑이는
억울하다

단군신화 호랑이는
억울하다

전래동화는 근대의 천재 작가에 의해 어느 날 갑자기 뚝딱 만들어진 것일 수 있다.

그 버전의 각색자는 자기가 지어내기는 했지만, 창작으로 여기지 않았을 테다. 비슷한 이야기가 옛날부터 비슷하게 있었기 때문이다. 조금 다르게, 풍자 우화를 지어냈다고 해서, 자기 이름을 명토 박지는 않았다.

또 어떤 전래동화는 근대에 여러 사람이 동시다발적으로 비슷비슷하게 만들어낸 것일 수도 있다.

창조는 천재적인 한 사람에 의한 것이기보다, 동시다발의 경우가 더 많다. 근대까지만 해도, 현대 개념으로 제일 먼저 한 사람이 모든 영예를 가지는 승자 독식의 개념이 아니었다. 벨의 전화기 발명과 에디슨의 전구 발명에서 배울 교훈은 '먼저 특허 낸 사람이 장땡이다'가 아니다. 전화기와 전구의 발명에서 보듯이, 시대가 간절히 원하는 어떤 것이 요청되면 여기저기에서 그것을 창조하려는 노력이 행해진다는 것이다.

동시다발적으로 창조된 이야기들은 구전으로 혹은 기록으로 퍼져나갔다. 비슷한 이야기들은 만나서 경쟁하고 뭉쳤다. 그 경쟁과 뭉침은 현대까지 계속되고 있다. 그렇게 계속적으로 각색되는 비슷한 이야기들이 '버전'이다.

지금까지 발견된 『춘향전』은 120여 종이다. 똑같은 게 없다. 조금씩 다르다. 아주 많이 다른 것끼리는 서로 다른 소설로 보일 만큼 다르다. 연구자들은 각각 다른 『춘향전』을 구분하기 위해서 '이본異本'이라는 말을 사용한다.

전래동화의 경우에도 똑같은 게 없다. 연구자들은 설화나 자잘한 이야기에까지 '이본'이란 말을 쓰기가 거시기했던 모양이다. 설화는 '각 편'이라는 말을 쓴다. 전래동화도 각 편이란 말이 잘 어울린다. 각 편과 가장 비슷한 영어 단어가 버전version이다.

수없이 많은 '여고괴담'이 있다. 5편까지 만들어진 영화 〈여고괴담〉은 수없이 많은 여고괴담의 (이본이고 각 편이고) '버전'이다. 강남여고 버전이 있고 강북여고 버전이 있다. 일진 버전이 있고 왕따 버전이 있다. 날라리 버전이 있고 범생이 버전이 있다

대동소이한 전래동화에 대하여 셀 수 없이 많은 버전이 존재한다.

가끔 더 이상 새로운 버전의 탄생을 불가하게 만드는 강력한 버전이 출현한다.

서구의 전래동화들이 그렇다. 서구의 경우에는, 허물 수 없는 권위를 가진 전래동화가 몇 있다. 이솝이란 사람이 수집했다는 우화, 그림형제가 수집하고 윤색한 동화, 노르웨이의 천재 작가 안데르센의 동화…….

이솝 우화, 그림형제 동화, 안데르센의 동화는 동화의 원전과도 같은 권위를 가지게 되었다.

누군가의 각색 작업이 원전급의 권위를 누리게 되면, 그 전래동화의 자유는 종말한다. 그 동화를 패러디할 수는 있어도 개작할 수는 없다. 원전과도 같은 것이기 때문이다.

우리나라는 그러한 강력한 버전이 거의 탄생하지 않았다. 거의 유일하게 강력한 이야기가 하나 있을 뿐이다.

바로『삼국유사』에 나오는 곰과 호랑이 이야기다. 흔히 '단군신화'로 알려진 이 이야기 또한 안데르센 같은 천재적인 누군가에 의해 창작되었을지도 모른다. 고려시대 스님 일연의 창작품일 수도 있다는 이야기다.

고조선의 역사를 이야기로 정리해야 한다는 시대적 요구가 있었을 테다. 그 요구에 부응하여 동시다발적으로 여러 버전이 지어져 경쟁하고 뭉쳤다. 그중 가장 강력한 버전이 일연 스님에 의해『삼국유사』에 문자로 고정되었다. '단군신화'는 1차로 원전급 권위를 얻었다.

조선시대에는 별로 대우받지 못했다. 고려시대와 조선시대에『삼국유사』를 볼 수 있었던 사람은 극소수였다. 본 사람도 신뢰하지 않았다. 조선의 유학자들은 중국의 속국이고 싶었다.

단군신화가 움직일 수 없는 권위를 확보한 것은 일제강점기 때부터다. 민족주의자들은 단군을 신으로 만들었다. 따라서 단군신화도 민족의 시원을 밝히는 신화급 이야기로 격상했다.

이제 더 이상의 새 창작, 새 버전은 불가다. 누가 감히, 단군신화를 삼국유사에 쓰인 것과 다르게 고쳐 쓰거나 바꿔 쓸 수 있단 말인가.

조선시대에는 곰이 여자로 변하기 위해서 먹은 게 마늘과 쑥이 아니라 산삼이라는 각색이 가능했다. 그러나 일제강점기 이후에는 그 누구도 단군신화를 달리 쓸 수 없었다.

오로지 원전에 충실해야 했다. 오로지 연구에 연구만 가능할 뿐이다. 독립한 대한민국은 단군을 나라의 시조로 삼았다. 단군신화 스토리는 그 어떤 딴지도 불가능한 성역의 영역으로 올라섰다.

단군신화는 1차 교육과정부터 7차 교육과정에 이르기까지 초등, 중등, 고등 교과서에 게재되었다. 교과나 단원이나 형식이 다를 뿐『도덕』『윤리』『정치』『역사』『국사』『국어』『문학』『한문』등에서 배운다. 단군신화가 초등, 중등, 고등 12년 동안 줄기차게 무한 반복적으로 배워야 할 만큼 대단한 이야기란 말인가?

그 누가 시초에 '단군신화'라는 말을 썼는지 모르겠지만, 『삼국유사』에는 '단군신화'라는 말이 없다.

『삼국유사』 「기이紀異」편은 여러 고대 국가의 흥망 및 신화·전설·신앙 등에 관한 유사 36편을 기록하고 있다. 가장 첫 번째 이야기가 '고조선古朝鮮 왕검조선王儉朝鮮' 유사다.

『삼국유사』에서의 '유사遺事'는 표준국어대사전 풀이로는 '예로부터 전하여 오는 사적事跡', '죽은 사람이 남긴 사적'이다. 사적을 또 찾아봐야 한다. 국어사전은 양파 껍질 벗기기 같은 면모가 있다. 아무튼 한참 또 찾기를 하고 나서, 유사를 '옛날부터 전해져오는 이야기'로 간단히 이해해보자. 이른바 '야사'인 것이다.

'고조선' 유사에 따르면, 하늘에서 내려온 환웅桓雄은 태백산 신단수神檀樹 아래에 신시神市를 건설했다. 인간의 360여 가지의 일을 주관하느라 몹시 바쁘셨다.

그러고는 느닷없이 곰, 호랑이가 등장하는 것이다

『삼국유사』 「기이」편 머리말을 주먹구구로 요약해보았다.

'옛날 성인들은 괴력난신(怪力亂神, 괴이한 힘이나 혼란스러운 일, 또는 귀신)에 대해서는 말하지 않았다. 하지만 중국의 역사를 보아라. 얼마나 괴력난신의 일이 많았는가. 특히 제왕이 장차 일어날 때는 반드시 보통 사람과는 다른 점이 있었다. 그러니 우리나라 삼국의 시조가 모두 신비로운 데에서 태생하였

다고 하여 이상할 것이 없다.'

일연이 말한 '삼국'은 어디일까? 당연히 고구려, 백제, 신라
라고 생각하겠지만, 백제는 아닐 수도 있다. 고구려의 시조 고
주몽과 신라의 시조 박혁거세는 알에서 태어났다. 알껍데기 속
이 '신비로운 데'라고 인정한다면, 고구려와 신라 시조는 '신비
로운 데'서 태어난 게 맞다.

백제의 시조 온조왕은 고구려 주몽의 친아들 혹은 의붓아들
이다. 아버지는 알에서 나왔지만, 온조왕은 사람 배 속에서 나
왔다. 높은 시청률의 황당 막장 역사 드라마 〈주몽〉▶으로 유명
해진 소서노召西奴가 그의 모친이다. 아버지가 알에서 나왔으
니, 알에서 나온 아버지의 아들도 신비로운 데에서 태생했다고
억지로 우길 수는 있겠다.

알껍데기가 뭐 대수야? 사람 배 속이야말로 진정 신비로운
데지, 이런 식으로 우긴다면 온조왕도 신비로운 데서 태어난 게
적실하다.

백제가 아니라면, 금관가야일까? 대가야 연맹의 시조 김수
로 역시 알에서 나왔다. 한때는 대가야 연맹이 신라만큼 강국이
었다고는 하지만 삼국에 포함시킬 정도는 아닌 듯하다.

일연이 일컬은 '삼국'은 '고구려, 백제, 신라'가 아니라, '고조
선, 고구려, 신라'일 가능성이 높다. 삼국 시조는 '단군, 주몽, 박

▶ MBC, 2006. 5. 15~2007. 3. 6, 81부작.

혁거세'를 말하는 것이다.

　단군은 진정 신비로운 데에서 나왔다. 단군님은 환웅과 곰이 변해서 된 여자가 사랑해서 낳은 자식이다. 어쨌든 사람의 배 속에서 나오기는 했지만 하늘에서 내려온 분의 유전자와 곰의 유전자를 타고났으니 이 얼마나 신비로운 태생인가? (물론 알에서 태어난 것이 더 신비롭다고 주장할 수도 있다. 관점의 차이겠다.)

> 　이때에 곰 한 마리와 호랑이 한 마리가 있어 같은 굴에 살면서 항상 신神 환웅에게 기도하되 화化하여 사람이 되기를 원했다. 이에 신 환웅은 신령스러운 쑥 한 타래와 마늘 스무 개를 주면서 말하기를 '너희들이 이것을 먹고 백일 동안 햇빛을 보지 않으면 곧 사람의 모습이 될 것이니라'고 하였다. 곰과 호랑이는 그것을 받아서 먹어, 기忌한 지 삼칠일三七日만에 곰은 여자의 몸이 되었으나, 범은 금기하지 못해서 사람의 몸이 되지 못하였다. 웅녀熊女는 혼인할 사람이 없었으므로 매양 단수壇樹 아래서 잉태하기를 빌었다. 환웅이 이에 잠시 사람으로 변하여 그녀와 혼인하였다. 웅녀가 잉태하여 아들을 낳으니 단군왕검壇君王儉이라 하였다.▶

▶ 『삼국유사』 권卷 제일第一 기이 고조선 왕검조선.

154

이상이 바로 그 유명한 '곰과 호랑이가 마늘 먹는 이야기'의 원 사료다.

『삼국유사』의 여러 번역본을 보면서, 몇 줄 되지도 않는 한자문에 대한 번역 혹은 해석이 왜들 이렇게 다를까 의아했다. 일부러 다르게 번역한 듯한 느낌도 받았다. 나중 번역자는 자신의 문장이 먼저 번역자들의 문장과는 완전 다르게 보이기를 갈망한 듯하다.

아무튼 전설이 아니고 '신화'다. 다만 조선시대에는 전설 혹은 야사에 불과했을 수도 있다. 교과서를 통해 줄기차게 신화라고 세뇌당한 우리로서는 신화가 아니라는 생각은 할 수가 없다.

우리 민족의 시조로 숭상하는 분의 어머님 되시는 분의 이야기라지만, 신화는 너무나도 불친절하다.

곰과 호랑이가 왜 같은 굴속에 산다는 말인가? 있을 수 없는 일이다.

호랑이는 수컷이었는지 암컷이었는지 전혀 알 수가 없다.

곰은 나중에 여인으로 변했으니 암컷이었을 거라고 미루어 짐작할 수는 있다. 곰이 사람으로 변하는 판국에 수컷 곰이 여인으로 변하지 못할 것도 없다. 그러니 곰도 암컷인지 수컷인지 불확실하다.

곰과 호랑이는 왜 그토록 사람이 되기를 기원하였을까? 동물이나 식물, 심지어 무생물이 사람이 되고 싶어 한다는 설화는 한없이 많다. 전 세계에 걸쳐 쌔고 쌘 것이 사람이 아닌 것이 사람이 되고 싶어 하는 욕망과 노력을 그린 설화다.

잠깐만 생각해봐도, 사람이 아닌 것이 사람이 되고 싶어 할 이유가 별로 없다.

다른 동식물, 무생물은 혹시 사람이 되고 싶어 할지라도 곰과 호랑이는 아니다. 왜냐하면 그들은 산의 제왕이기 때문이다. 먹이사슬의 맨 꼭대기에 위치하는 곰과 호랑이마저 동물이기를 싫어한다면 이 세상이 어찌 돌아가겠는가. 게다가 그 시대에는 곰과 호랑이의 서식지를 위협할 만큼 사람이 많지도 않았다. 호랑이는 사람이 어떻게 생겼는지 몰랐을 수도 있다.

곰과 호랑이가 사람이 되기를 원한 것이 아니다. 하늘에서 내려오신 분이 곰과 호랑이에게 사람이 되기를 강요했던 것은 아닐까.

연구자들이 좋아하는 '토템'으로 말해보자.

저 멀리, 하늘처럼 먼 곳에서 쳐들어온 종족, 그래서 천신족이라 불리는 종족이 있었다. 천신족이 자리 잡으려는 땅에는 이미 곰족과 호랑이족이 사이좋게 살고 있었다.

곰을 숭상하는 종족은 곰의 이미지처럼 온순했을까? 호랑이를 숭상하는 종족은 호랑이 이미지처럼 사나웠을까? 곰족은 주로 농사를 짓고, 호랑이족은 주로 수렵을 했을까? 어쨌거나 곰족과 호랑이족은 터전을 평화로이 공유했다.

그런데 천신족이 나타나 강력한 청동 무기로 위협한 것이다.

돌멩이로 만든 무기를 들고 다니던 곰족과 호랑이족은 무기력하게 제압당했다. 천신족의 강압을 견뎌야만 했다.

'사람이 되기를 기원'하였다는 것은 살려달라고, 이 땅에서 계속 살게 해달라고 빌었다는 이야기일지도 모른다.

'신령스러운 쑥 한 타래와 마늘 스무 개'는 침략군의 무자비한 강압 통치를 상징하는 것인지도 모른다.

천신족과 곰족의 결합으로 생겨난 것이 박달족이고 그 수장이 단군이다.

하늘에 계시거나 하늘에서 내려오신 분은 공통적으로 게임의 규칙을 모른다. 게임의 최고 규칙은 공정함이다. 공정하지 못하다면 정상적인 게임이 불가능하다. 아니다, 하늘과 관계되신 분이 그 당연한 것을 모를 리 없다. 그렇다면 일부러 불공정한 룰을 정했다고 봐야 한다.

「십이지신 유래담」에서 살펴본 바와 같이, 하늘님 및 석가모니님은 불공정하다. 부정과 사기와 협잡을 공식적으로 인정한 분들이었다.

'단군신화'의 절대 권력자 환웅도 하늘님과 석가모니님 못지않았다. 호랑이에게 아주 불공정한 게임을 제시한 거다. 승자는 무조건 곰이고, 호랑이는 어차피 패배해야 할 운명이었다.

곰은 잡식성이다. 북극 사는 곰은 물개를 주식으로 했다. 동아시아 산악 지대의 곰은 채소나 벌꿀을 주식으로 했다. 곰은 먹이사슬의 최고 위치에 있었지만 어쩐 일인지 육식을 즐기지 않는다. 식물성에 가까운 우리나라 곰에게 쑥과 마늘은 하나도 고통스럽지 않은 먹거리였다. 써봐야 얼마나 썼겠는가?

그러나 호랑이는 육식성이다. 사슴·멧돼지가 주식이다. 배고프면 새앙쥐가 아니라 빈대나 개미도 잡아먹겠지만, 식물을 먹을 수는 없다. 쑥과 마늘. 호랑이한테는 쓴 게 문제가 아니라 도저히 먹을 수 없는 것이라는 게 문제였다.

일설에는 호랑이를 기가 막히게 만든 마늘이 우리가 잘 아는 그 마늘이 아니란다. 『삼국유사』 원문의 '蒜(산)'은 마늘과 달래, 두 가지 뜻이 있다. 지금의 마늘이 우리나라에 들어온 것은 11~12세기로 추정된다. 마늘일 수가 없으니 달래라는 것이다. 아니다! 산마늘이라고 불리는 맹이, 명이가 있다. 그 백합과의 식물은 한반도에 이미 자생하고 있었기에 그것을 가리켜 마늘이라고 했을 것이다. 그것도 아니다! 달래, 마늘, 산마늘 그 모두와 전혀 다른 식물이었다. 의견이 분분한 모양이다.

진실이 어떻든 간에 호랑이에게는 도움이 되지 않는다. 어쨌든 호랑이가 먹을 수 없는 식물이라는 것이니까.

환웅은 무조건 곰이 승리할 수밖에 없는 게임을 제시한 것이다. 사실 환웅은 곰과 호랑이 중에 하나만을 선택하겠다고 한 적이 없다. 둘 다 견뎠다면 둘 다 사람으로 변신시켜 주었을지도 모른다. (환웅은 아내가 둘이 될 수도 있었다. 일부다처제를 지양하고 일부일처제를 지향하는 이 이야기는 그래서 우리가 생각하는 것보다 가까운 시대에 창조되었을지도 모른다.)

그렇다 하더라도 곰에게는 가능한 미션(먹을 수 있는 것)을 주었다. 호랑이에게는 불가능한 미션(먹을 수 없는 것)을 주었다. 곰만 합격시키기로 작정을 한 것이나 마찬가지다.

그런데 맥 빠진다. '그러나 범은 금기하지 못해서'라는 구절 때문이다. 이거, 마늘과 쑥을 먹었다는 말 아닌가?

호랑이는 식물을 먹을 수 없는 존재다, 따라서 환웅은 불공정했다, 처음부터 곰만 변신시켜줄 작정을 했다, 이렇게 맹렬히 주장한 나는 무척 겸연쩍다.

그러고 보니 식물을 먹은 호랑이들이 생각난다. 「해와 달님이 된 오누이」에서 호랑이는 수수개떡을 빼앗아 먹었다. '연대하여 호랑이 잡기'의 호랑이는 할머니에게 팥죽을 얻어먹으려고 했었다. 두부 먹은 호랑이도 있었다. 재가공 식품은 먹을 수 있었던 모양이다.

하지만 환웅은 또다시 불공정했다. 그 쓰디쓴 쑥과 마늘까지 먹은 호랑이가 도저히 어둠을 참을 수 없어 동굴을 나간 건 나간 거다. 백 일 동안 금기하라고 해놓고서, 불과 '세이레(21일)'만에 곰을 여자로 만들어주시다니.

호랑이가 나갔건 말건, 곰은 백 일 동안 햇빛을 보지 말아야 했다.

호랑이가 도대체 며칠이나 견디다가 동굴을 나갔는지는 모르겠다. 혹시 호랑이는 20일까지 금기했던 것 아닐까? 호랑이가 포기하자마자, 환웅은 곰을 후닥닥 여자로 만들어준 것 아닐까? 많이 먹기 게임이나 오래 버티기 게임처럼 말이다. 최후의 경쟁자가 포기하는 순간 최후로 남아 있는 자의 승리가 확정되는, 2등에게 너무 억울한 게임.

토템으로 말하자면, 천신족의 강압 통치를 받는 동안, 곰족은 이등 신민으로 인정받았다. 혹은 외척 가문으로 자리 잡았다. 하여튼 천신족 다음가는 특권계층이 되었다.

그러나 호랑이족은 침략 세력(천신족)과 새로운 형태의 공존이 불가능한 족속이었다. 천신족의 압제를 견디다 못하여 그 땅을 버렸을 것이다. 처절히 항거하다가 패배하여 멸절되었을지도 모른다.

호랑이도 곰처럼 금기하여 버텼다면, 환웅은 정말이지 '백일'을 꼭 채우셨을까?

호랑이가 포기한 것이 아니라 거부한 것이라고 생각한다. 환웅은 사람이 되고 싶은 생각이 조금도 없는 곰과 호랑이에게 사람이 되라고 강요했다. 곰은 환웅을 무서워해(혹은 사랑해서?) 사람이 되고 싶었는지 모른다. 호랑이는 사람이 되기를 거부했다. 거부한 자의 숙명은 떠나는 것이다.

호랑이는 유랑의 길에 접어들었다.

하늘에서 내려오신 분과 변신녀의 결합으로 단군님이 태어났다. 단군은 무려 1908세를 살았다.

그런 어마어마한 자식을 낳은 곰. 우리 민족의 시조로 단군을 숭상한다면, 여자로 변하기 전의 곰도 몹시는 아니더라도 조금은 숭상하는 게 인지상정일 테다.

그러나 우리 민족이 곰을 대하고 곰을 대접하는 것을 보아라. 곰은 전래동화에서 주연을 거의 맡지 못하고 있다. 혹시 주연을 맡더라도 십중팔구 '미련한' 캐릭터다. 요즘 곰을 대접하는 걸 보면 경악할 정도다. 웅담즙을 빨아 먹겠다고 하는 짓들을 보아라. 곰은 민족의 시조를 낳아주고도, 그 잘난 민족에게 막장 대접을 받고 있다.

단군신화를 대중에게 가장 널리 알린 이도 최남선이다. 가장 많은 사람이 볼 수 있게 신문에 소개했다. 최남선은 이렇게 덧붙였다.

웅熊과 호虎를 무엇이라고 해석하여야 옳을는지는 앞으로 꽤 말썽스러운 문제일 것이니, 단순한 신화로 집어치고 마는 이도 있을 것이오, 어이메로스주의로 인사적 해석을 시할 이도 있을 것이오, 언어질병론적으로 구명하려드는 이도 있겠지마는 이 웅과 호를 인류학적 견지에서 당시에 있든 양대 토템으로 논핵함도 일 유력한 태도임을

　나는 웅과 호를 무엇이라고 해석한 것일까. 여러분은 웅과 호를 무엇이라고 해석하고 있는가.

　학자들의 연구와 주장을 읽어보면, '단군신화'에 대한 무한한 애정과 숭상을 느낄 수 있다. 단군신화를 진실 그 이상의 것으로 확신하며 그 증거를 열렬하게 늘어놓고 있다.

　'신화'가 아니라 동물 이야기로 폄훼했다고 분노하는 이들도 있다.

　어마어마한 상상력으로 단군 나라의 장대한 역사를 기록한 『환단고기桓檀古記』와 『규원사화揆園史話』라는 책이 있다. 이두 책을 읽으면 정말 뿌듯해진다.

　『환단고기』는 상상력의 끝을 보고 싶은 분에게 일독을 권하고 싶은 책이다. 대부분의 학자들은 '위조 저작'으로 보고 있다. 『환단고기』를 맹신하는 학자들의 세력도 만만치 않다. 그분들('환단고기 추종파')의 단군신화 연구서도 도서관에 가득하다.

　『삼국유사』의 '단군신화'에 충실한 분들의 연구서는 딱딱한 느낌일 수밖에 없다.

▶ 『동아일보』「호랑이(4), 조선역사급 민족지상의 호」 1926. 1. 9.
▶ 일제강점기 초기에 계연수桂延壽가 편찬했다는 '한국 상고사를 서술한 역사책'이라며 이유립이 1979년에 출간한 책이다. 대개의 학자들은 위서로 보지만, 절대적으로 신뢰하며 추앙하는 이들(속칭 '환빠')이 있다.
▶ 조선 숙종 2년(1675년) 3월 상순 북애노인北崖老人이 지은 역사책이다. 고조선을 세운 왕검王儉부터 고열가古列加까지 47대 단군檀君의 재위 기간과 치적 등을 기록하였다. 내용의 사실성을 의심(역사서가 아니라 소설이라는)하는 의견과 아예 위서로 보는 의견이 팽팽하다.

『환단고기』의 '단군 나라'를 맹신하는 분들의 연구서는 판타지 소설을 읽는 느낌이다.

북쪽 학자들도 단군신화를 상상을 초월한 수준으로 집착하고 추앙하고 있는 모양이다. '단군릉'까지 발견했다니. (하지만 북쪽 학자들도 『환단고기』를 위서로 판정했다.)

연구자들은 그렇다 치고, 일반 국민들에게 '단군신화'는 무엇일까.

유치원 때는 전래동화로 읽었다. 초·중·고 12년 동안 여러 교과를 통해 줄기차게 듣고 배우고 문제를 풀었다. 대학 다닐 때 들은 것까지 보탠다면, '단군신화'는 한국인을 평균 20년 정도 세뇌한다.

'단군신화' 역시 전래동화다. 다른 부분은 몰라도 곰과 호랑이가 쑥과 마늘 먹는 부분은 전래동화가 적실하다. 전래동화 각색 인기 순위의 진정한 1등은 단군신화다. 압도적 1위!

그 부분만큼은 초등학교 때는 전래동화 수준으로 읽고, 중학교엔 그러한 동화가 형성된 배경을 고찰하는 문학 텍스트로 공부하고, 고등학교 때는 굳이 배우지 않아도 된다.

대체 왜 한낱 호랑이가 반항한 이야기에 목숨 걸듯 경배를 바쳐야 되는지 도무지 모르겠다.

단군신화에 대한 비판적 견해가 드문 것은 두렵기 때문일 수도 있다. 99퍼센트의 사람이 똑같은 것을 보고 똑같은 관점으로 똑같이 찬양을 바칠 때, 그게 아니라고 따지는 1퍼센트의 사람이 되기란 정말 쉽지 않은 일이다. 어른들만 그 모양인 것은 아니다.

여러분도 학교에서 1퍼센트의 진실이나 소수 의견 쪽보다는, 99퍼센트 쪽의 위선 혹은 절대다수 의견 쪽에 선 일이 많을 테다. 소수 의견을 지지했다가는 호랑이가 먹었던 마늘과 쑥 맛을 알게 될 가능성이 높다.

호랑이가 왜
사람을 사랑하니?

호랑이가 왜
사람을 사랑하니?

『삼국유사』에 따르면, 인간에게 젖을 준 호랑이가 있었다.

견훤▸이 젖먹이일 때, 아버지가 들에서 밭을 갈고 있었다. 어머니는 아버지에게 음식을 나르느라고 아기를 수풀 아래 눕혀 두었다. 호랑이가 와서 아이에게 젖을 먹여주었다. 마을 사람이 이상히 여겼다.

호랑이는 왜 아기에게 젖을 먹였을까? 차라리 아이를 잡아 먹었다고 해야 자연스러운 상황 아닌가.

하지만 서로 다른 동물끼리 젖을 주고받는 일은 충분히 가능한 일이다. 현대에도 가끔 흥미로운 기사가 난다. 인터넷을 검색하면 새끼 호랑이들이 암퇘지 젖을 빠는 사진, 두 새끼 호랑이가 여인의 젖꼭지 하나씩을 물고 있는 사진 등을 볼 수 있다.

거꾸로도 충분히 가능한 일이다. 새끼 호랑이가 사람 젖을 빨 수 있다면, 사람도 암호랑이 젖을 빨 수 있다. 서구 소설에서도

▸ 867~936, 후백제의 시조.

여러 유명 캐릭터가 동물들의 젖을 먹고 자랐다.

암호랑이는 불의에 새끼들을 잃었을지도 모른다. 젖꼭지를 빨아줄 새끼가 없다. 젖을 내보내지 못하니 가슴 전체가 땡땡하고 맹렬히 아프다. 젖을 일찍 뗀 엄마들은 빨리지 못한 젖이 굳어가는 동안 커다란 고통에 시달린다. 호랑이도 마찬가지로 큰고통을 맛보았을 테다. 견디다 못한 호랑이는 아이의 입에 젖꼭지를 물렸을 테다. 장차 한 나라를 창업하여 30여 년간 통치하게 될 영웅호걸답게, 아이는 젖 빠는 힘이 강대하였다.

마을 사람은 당연히 이상히 여겼을 테다. 새끼 호랑이에게 젖을 주는 여인 사진을 보고 있어도 괴상한데, 그 반대의 광경을 생각해보라. 호랑이가 아이를 잡아먹지 않고 그냥 떠난 것도 참 이상했다. 젖꼭지를 시원스럽게 빨아줘서 가슴의 고통을 덜어줬으니 고마워서 식탐을 참아냈을까?

아이는 장성할수록 모습이 건장했다. 뜻이 커서 남에게 얽매이지 않고 비범했다.

견훤은 호랑이 젖을 먹었기 때문에, 그토록 훌륭해졌을까?

견훤이 훌륭해졌기 때문에 호랑이한테 젖 얻어먹은 이야기가 유명해졌을까?

『삼국유사』에 등장하는 또 하나의 호랑이는 어이가 없다. 『삼국유사』에「김현감호」라는 제목으로 기록된 이야기. '김현이 호랑이를 감동시키다'라고 번역해야 할 테다. 과거에는 이

설화의 핵심이 감동이었던 모양이다. 그러나 현대에는 감동이 아닌 듯하다.

요즘 전래동화 시리즈에 '김현감호'는 빠지지 않는다. 출판사마다 붙인 제목을 보면 '호랑이 처녀의 (슬픈) 사랑', '호랑이를 사랑한 김현' 등이다. 감동 대신 사랑이 핵심이 된 것이다. 확실히 현대에는 그 이야기를 감동적인 것으로 받아들이기 힘들다. 혹시 사랑이라면 몰라도.

통일신라 원성왕元聖王 때다. 신라에는 해마다 2월이 되면 일주일간 흥륜사 전탑을 돌며 복을 비는 풍속이 있었다. 김현이란 청년이 혼자 쉬지 않고 탑돌이를 하고 있었다.

남들 다 갔는데 혼자서 왜? 도대체 무슨 목적으로? 혹시 청년의 목적이 연애였다면 기회는 즉시 왔다.

그때 한 처녀도 염불을 외면서 따라 돌다가, 서로 마음이 움직여 눈을 주었다.

옛날이나 지금이나 청춘 남녀가 한밤중에 단둘이 있다가 눈맞는 일은 흔하다. 하지만 지금 청춘은 다음의 문장을 보고 경악하게 될 것이다.

'돌기를 마치자 가려진 곳으로 이끌고 들어가 통정하였다.'

통정하였다가 아니라 '정을 통했다'라고 번역한 책도 있다.

이렇게 노골적인 이야기를 각색한 전래동화가 아무렇지도

▶ 재위 785~798.

168

않게 읽히는 것은 우리나라 아동 출판계로서는 매우 기이한 일이다.

김현은 처녀를 졸졸 따라갔다. 처녀가 사양하고 거절했으나, 김현은 억지로 따라갔다. 처녀는 하룻밤 사랑으로 그칠 작정이었나 보다. 요샛말로 '원나잇 스탠드'다. 철없는 김현이 기어이 쫓아감으로써 비극이 시작된다.

한 초가에 들어가니 할머니가 처녀에게 물었다.

"함께 온 이가 누구냐?"

'처녀는 사실대로 말했다'라고 한 번역본도 있고, '여인은 그 사정을 말하였다'고 한 번역본도 있다. '사실대로'든 '사정'이든 한 방에 눈 맞아서 자고 왔는데 남자 녀석이 계속 쫓아왔다고 말했단 말일까? 『삼국유사』의 태연자약한 문체는 자꾸만 상상력을 자극한다.

노파가 말하기를, "비록 좋은 일이기는 하나 없는 것만 못하다. 그러나 이미 저질러진 일이니 어쩌겠느냐? 몰래 숨겨주어라. 네 오빠들이 악행을 저지를까 염려된다."

뭐가 좋은 일이라는 것인지 모르겠다. 분명 좋은 상황은 아닌 것 같은데.

얼마 후 호랑이 세 마리가 나타나 으르렁댔다.

"집에서 비린내가 난다. 요깃거리가 있으니 참 좋구나!"

할머니와 처녀가 꾸짖었다.

"너희 코가 잘못됐지. 무슨 미친 소리냐?"

이때 하늘에서 외치는 소리가 있었다.

"너희들이 즐겨 생명을 해함이 너무도 많다. 마땅히 한 놈을 죽여 악을 징계하겠노라."

세 호랑이는 하늘 소리에 근심하는 기색이 역력했다. 그러자 처녀가 말했다.

"세 분 오빠들은 멀리 피해 가서서 스스로를 경계하신다면 제가 그 벌을 대신 받겠습니다."

오빠 호랑이들은 모두 기뻐하며 고개를 숙이고 꼬리를 치며 달아나버렸다.

도대체 하늘에서 소리를 외친 이는 누구란 말인가? 우리가 잘 아는 하늘님?

이 초가에는 총 다섯 마리의 호랑이가 살고 있었다. 늙은 할미가 호랑이들의 할머니처럼 보이기는 하지만 단정할 근거는 없다. 노파는 호랑이가 아닐 수도 있다. 그럼 네 마리다. 만약 하늘에서 외친 그분이 진정 화가 나서 징계하기로 했다면 넷 전부 징계해야 한다.

처녀 호랑이는 징계 대상이 아니었을까? 처녀 호랑이를 제외한다고 해도, 나머지 셋을 한꺼번에 징계해야 한다. 왜 한 마리만 징계한단 말인가? 겨우 한 마리 죽일 힘밖에 없으셨던 건 아닐까 슬쩍 의심하지 않을 수 없다.

그러니 호랑이 삼 형제가 근심했던 것이다. 삼 형제를 몰살시킬 수 있는 자였다면 살려달라고 그저 빌었을 테다. 삼 형제가 힘을 합하면 물리칠 수 있는 자였다면 으르렁댔을 테다. 근심한 것은, 하늘에서 외친 자와 싸워볼 만은 하나, 삼 형제 중 한 명은 죽을 각오를 해야 했기 때문이다. 조폭 영화에서 자주 나오는 말이 있다. "한 놈만 팬다!" 호랑이 조폭 삼 형제도 하늘에서 외친 자가 한 놈만 팰까 봐 걱정스러웠으리라.

여동생이 대신 죽겠다고 하자, 오빠들은 기뻐하며 꼬리까지 쳐가며 도망가버렸다. 아무리 호랑이라지만 욕 나온다. 비겁하고 나쁜 놈들! 전래동화에서 심술궂고 흉악하고 포악하고 잔인한 호랑이는 많지만, 비겁하고 치사한 놈들은 이 삼 형제가 유일하다.

호랑이의 명예를 진흙탕에 떨어뜨린 놈들이다.

처녀는 호랑이 밥이 될 뻔했다가 살아난 김현에게 설명한다. "처음엔 당신이 내 집에 오는 것이 부끄러워 짐짓 사양하고 거절했어요. 이제는 숨김없이 진실을 말씀드릴게요. 내가 당신과 같은 사람은 아니지만, 하룻밤을 함께 즐겼으니 부부가 된 것이나 마찬가지입니다. 그러나 나는 죽어야 합니다. 이왕이면 당신의 칼날에 죽겠어요. 그것이 당신의 은덕을 갚는 길이라고 생각해요. 내가 내일 거리로 나가 사람을 심하게 해할 거예요. 임금이 높은 벼슬을 걸고 사냥꾼을 모집할 거예요. 당신은 나를 겁내지 말고 숲속까지 쫓아오세요."

이런 말을 듣고 옳거니, 그래주세요, 한다면 정말 나쁜 남자일 테다. 좋은 남자 김현은 말한다.

"호랑이와 사람의 사귐이 떳떳한 일은 아니오. 그러나 이미 일어난 일, 하늘이 맺어준 인연으로 여깁시다. 내가 어찌 내 사랑을 팔아 벼슬을 바라겠소?"

"나는 어차피 죽을 수밖에 없는 목숨입니다. 나, 호랑이가 일찍 죽게 되면 다섯 가지의 이로움이 있습니다. 하늘이 죽으라 한 명령에 복종하게 됩니다. 죽고 싶었던 내 소원을 이루게 됩니다. 당신께는 높은 벼슬 얻는 경사가 있습니다. 오빠들이 무사하니 복입니다. 나라 사람에게 기쁨입니다."

다섯 가지 이로움이라고 했는데, 뭐가 이로움이라는 건지 잘 모르겠다. 다섯 가지 전부 이해가 되지 않는다.

호랑이가 일찍 죽게 되면 먹이사슬이 깨져 생태계가 혼란스러워진다. 하늘이 죽으라는 명령에 복종하면 하늘이 땅에 사는 것들을 우습게 안다. 함부로 명령하지 않게 개겨야 한다. 죽고 싶어도 살아라! 너처럼 예쁘고 마음씨 따스한 암호랑이마저 자살하면 하찮고 보잘것없는 평범한 동물은 부끄러워서 어찌 산단 말이냐. 네가 죽었는데 오빠들이 무사한들 편히 살 수 있겠느냐? 여동생 죽게 만들고 편히 살 수 있는 오빠가 어디 있단 말이냐. 호랑이 죽는 게 왜 나라 사람에게 기쁨이냐. 우리 민족이 호랑이를 얼마나 사랑하는데!

김현에게도 이로움이라고 할 수는 없을 테다. 사랑하는 사람을 죽이고도 잘살 수 있겠나?

그러면서 처녀는 덧붙인다.

"다만 나를 위하여 절을 짓고 불경을 읊어주세요!"

그들은 마침내 서로 울면서 작별했다.

다음 날 과연 사나운 호랑이가 성안에 들어와 사람을 해하니, 그 정도가 너무 심했다. 사랑하는 사람에게 높은 벼슬을 안겨주겠다는 암호랑이 때문에, 다수의 사람이 억울하게 다쳤다.

영화나 드라마에서 흔히 나오는 설정이다. 주인공 남녀의 사랑 때문에 주위 사람이 너무 많이 다치고 심지어 죽는다.

오로지 자기가 사랑하는 여인을 위해서, 자식을 위해서, 부모를 위해서, 형제를 위해서, 나라를 위해서, 권력을 위해서, 나머지는 싹 죽인다! 죽여도 된다.

일제강점기나 한국전쟁을 시대 배경으로 하는 드라마나 영화의 총격전을 보면 어이가 없다. 그때 총알이 요새 인터넷게임 총알보다 더 빠른 속도와 회전력으로 사람이란 사람은 싹 죽여버리니!

벼슬에 눈이 먼 김현은, 아니다, 벼슬에 눈이 먼 게 아니라 호랑이가 사람을 더 상하게 할까 봐 걱정돼서라고 하자, 호랑이를 쫓아 숲속으로 들어간다. 호랑이는 처녀로 변하여 반가이 웃으면서 말했다.

"어젯밤 나와 당신이 마음 깊이 정 맺은 일을 잊지 마세요. 오늘 내 발톱에 상처 입은 사람은 흥륜사의 장醬을 바르고 그 절의 나팔 소리를 들으면 이내 나을 거예요."

말을 마치고 처녀는, 아니 호랑이는 김현이 차고 있던 칼을 뽑아 스스로 목을 찔러 넘어졌다.

김현은 숲에서 나와 말했다. "내가 호랑이를 쉽게 잡았다!"

그냥 잡았다가 아니고 왜 '쉽게' 잡았다고 외쳤을까? 김현은 호랑이를 잡은 일이 없다. 호랑이 스스로 죽었다. 김현이 그래도 양심이 있는 남자여서 차마 그냥 잡았다고는 못 하고 '쉽게'라는 부사어를 붙이고 만 것일까?

이후 김현은 호랑이가 시킨 대로 사람의 상처를 치료했더니 다 나았다. 이후 혹시 범에게 상처를 입고도 살아났다면 그 상처에 장을 발랐다고 한다.

이 일이 일어났던 건 790년경이다. 『삼국유사』에 기록된 것은 1280년경으로 추정된다. 그 무렵에도 민가에서 범에게 상처 입는 일이 흔히 있었고, 상처에 장을 발랐다는 것이다. 경주 흥륜사까지 다녀올 수는 없었겠고, 꿩 대신 닭이라고 집에 있는 된장이든 간장이든 바른 사람도 허다할 테다.

71년생인 나도 상처가 났을 때 어머니가 된장 간장을 발라준 적이 많다. 1200여 년 전에 호랑이가 가르쳐준 민간요법이 지금까지 전해지고 있는 셈이다. 물론 호랑이가 말한 장醬이 간장인지 된 장인지는 알 수 없다.

이런 소문도 났다. 김현은 호랑이를 죽인 게 아니라 스스로 죽도록 만들었다. 제 손에 코 안 묻히고 코를 풀었다. 김현은 처음부터 처녀가 호랑이인 줄 알고 접근했다. 호랑이를 사랑하는 척하여 호랑이를 감동케 하였다. 인간의 사랑에 취한 호랑이는 정신이 나가서 사람을 위해 죽기로 결심했다. 그래서 그 소동을 벌인 뒤 김현을 위해 스스로 죽었다는 것이다. 호랑이를 속일 정도로 김현은 모사꾼이다.

그 말도 안 되는 소문에, 김현은 처절히 슬퍼했다고 한다.

김현은 호랑이를 위한 절을 짓고 호원사虎願寺라 하였다. 항상 호랑이를 위해 불경을 읽었고 호랑이의 저승 생활이 편안하기를 빌었다.

김현은 죽을 때 지나간 일의 기이함에 깊이 감동하여 이것을 붓으로 적어 전하였으므로 세상이 알게 되었다.

김현이 실제로 겪은 이야기가 아니라, 김현이 지어낸 이야기일지도 모른다. 그렇다면 김현은 우리나라 최초로 판타지 소설을 쓴 것이다.

할머니는 왜 더 이상 나오지 않았는가? 할머니도 호랑이였나? 하늘에서 외친 분은 삼 형제 중에 하나를 죽이겠다고 큰소리쳐놓고, 왜 아무런 설명 없이 별 잘못 없는 암호랑이의 죽음을 받아들였는가? 물어는 보고 싶지만, 환상과 변신과 불가사의한 일의 파노라마 같은 판타지 동화 세계에서 개연성을 따지는 것처럼 어리석은 일은 없다.

하여간 김현과 하룻밤 사랑을 했던 호랑이는 사람과 호랑이를 자유자재로 오갈 수 있는 변신 능력을 가지고 있었다. 의술에도 조예가 깊었다. 다만 오빠들처럼 살생은 안 하고 산 듯한데, 그럼 뭘 먹고 살았는지 다시 한 번 궁금하다. 처녀로 변할 때 밥을 지어 먹고 살았을까?

『삼국유사』엔 호랑이 처녀의 어처구니없는 사랑 이야기가 끝나기 무섭게, 새로운 이야기 하나가 이어진다.

중국의 신도징이라는 사람이 어느 집에서 잘 대접받고 그 집의 소녀와 혼인까지 맺는다. 잘 살다가 오랜 후에 그 집에 가보니 사람은 없고 호랑이 가죽만 있었다. 아내는 호랑이 가죽을 뒤집어쓰더니 호랑이로 변해서는 문을 박차고 나가버렸다.

현대 독자는 이해하기 힘든 상황이지만 일연 스님은 명쾌하게 정리한다.

'슬프다, 신도징과 김현 두 분이 호랑이를 접했을 때 그것이 변해 사람의 아내가 된 것은 똑같다. 그러나 중국 호랑이는 배신하고 달아났고 한국 호랑이는 어질고 감동적이다. 짐승도 어질기가 이와 같은데 사람으로서 짐승만도 못한 자가 지금도 있으니 어찌 된 일인가.'

슬프다, 일연 스님이 탄식한 지 800년도 넘었는데 여전히 짐 승만도 못한 자가 넘쳐난다. 짐승만도 못한 자는 인류의 역사가 끝날 때까지 영원하지 않을까.

놀랍지 않은가.「호랑이 처녀의 사랑」은 요즘 특권층 드라마 와 너무도 닮았다.

특권층 1세는 인간이기를 포기하고 특권을 쟁취했다.

특권층 2세는 특권 아버지를 믿고 개차반이다.

특권층 3세는 특권과 돈의 힘으로 찬란한 스펙을 쌓았다. 완벽해보인다. 하지만 결함이 있다. 제 아비 못지않은 개차반 이거나, 마약을 좋아하거나, 첩의 자식이거나, 희귀병에 걸렸 거나…….

특권층 3세는 드라마 공식처럼 불우한 이웃이나 소외 계층, 서민 계층의 여자와 사랑에 빠진다. 가난한 집안의 미녀는 드라 마가 끝날 무렵, 특권층 3세를 위해서 희생한다. 자기 한몸 희생 해서 3세가 인생의 참 의미를 깨닫게 한다. 건강을 되찾게 한다. 아버지에게 인정받게 한다. 삶의 보람을 느끼게 한다.

드라마에 나오는 가난한 여자여! 너희는 자신을 죽여 특권 층 3세 김현을 더욱 부귀하게 만든 호랑이 처녀와 뭐가 다른가. 도대체 왜 그런 터무니없는 자폭을 해야 하는 거냐고?

「김현감호」는 시대를 초월하여 영원불변의 인기 트렌드로 자리 잡은 황당 연애담의 원조다. '특권층 남성에 대한 불우한 여자의 맹목적 희생을, 사랑이란 달콤한 정서로 포장한 이야기' 들. 조선의 모든 '구원녀(심청이 + 춘향이)' 스토리는 호랑이 처녀로부터 비롯됐다.

그러니까 이 동화의 주제는 감동도 아니고 사랑도 아니다.

남자들의 헛된 로망일 뿐이다. 만나자마자 정을 통할 수 있는 여자, 자기를 위해 모든 걸 포기할 수 있는 여자, 심지어 자기 몸을 죽여 돈 벌게 해줄 여자…… 몽정이나 다름없다.

재미있다!

감동적이다!

아름다운 사랑이다!

이처럼 아주 단순하게 판단되는 이야기일수록 함정이 깊다. 예컨대 한국전쟁을 다룬 영화를 보고 연인의 사랑에 취하는 순간, 비극적인 한국전쟁은 연애보다도 못한 것으로 전락한다.

「김현감호」를 읽고 아름다운 사랑을 느낄 때, 특권층 남성과 가난한 여성의 사랑에 도취할 때, 특권층의 사악함을 잊는다. 특권층 여성과 가난한 남성의 사랑도 마찬가지다.

재미있고 감동적이고 절절한 사랑을 느끼게 하는 것들은 때때로 위험하다. 우리의 비판적 촉수를 흐물흐물하게 만드니까.

전래동화는
출처를
밝힐 수가 없다

전래동화는
출처를 밝힐 수가 없다

어린아이에게는 첫째, 공포심을 길러주지 말아야 그 어린아이는 장차 좋은 아이가 될 수 있는 것이다. 우리나라 어머니 아버지들이 가장 먼저 고쳐야 할 것은 "고양이 온다" "호랑이 온다" "순검이 잡아간다" 이따위 종류의 말을 아니 하도록 하는 것이다.▶

「호랑이와 곶감」은 전래동화 각색 인기 순위 2등에 해당한다. 거의 모든 전래동화집에 들어 있다.

그런데 냉정하게 말해서, 그게 무슨 이야기란 말인가? 그냥 속담 같은 것일 뿐이다. 곶감이 최고의 별미이던 시절, 엄마가 곶감 준다는 말로 달랬더니 아이가 울음을 뚝 그쳤다는 거다.

어른은 호랑이가 무서웠다. 순검(일본 경찰)도 무서웠다.

하지만 아이는 호랑이가 뭔지 몰랐다. 순검은 더욱 몰랐다.

▶ 「동아일보」「민족발전에 필요한 어린아희 기르는 법」허영숙, 1925. 10. 1.

호랑이가 온다, 순검이 온다, 귀신이 온다, 도깨비가 온다, 아무리 겁을 주셔도 뭘 알아야 겁을 먹지. 아이가 계속 운 것은 그것들이 무서워서가 아니다.

"젖을 주세요, 젖이 아니면 단맛 나는 거라도 주세요!"

이해와 욕구가 충족이 되지 않았기 때문이다. 당대 최고의 단맛 먹거리인 곶감을 입에 물려주자 울음을 뚝 그칠 수밖에 없었다.

참고 버전이 허술하거나 아무것도 없거나 말만 있을 때, 각색자의 능력이 한껏 발휘된다. 거기에다 기획자나 출판사 측의 요구가 막무가내일 때 각색자는 더욱 놀라운 성과를 창출할 수도 있다.

필자는 『흥부놀부전』 『임경업전』 『삽교별집』을 각색한 바 있다. 그 고전소설의 대표 이본은 200자 원고지 100장 정도밖에 안 된다. 출판사에서는 최소한 450매가 넘도록 해달라고 했다. 청소년용 책이라 그렇다는 것이다.

필자는 결국 350장의 창작을 가미할 수밖에 없었다.

전래동화에서도 그와 같은 경우가 많다. 원래 이야기는 대개 단순하다. 기획자나 출판사가 어느 정도의 분량을 요구하는 것이다. 각색자는 해내고야 만다.

대표적인 이야기가 바로 「호랑이와 곶감」이다.

그냥 달아나면 재미도 없고 무엇보다 분량이 나오지를 않는다. 하여 그날 마침 소 훔치러 왔던 도둑이 호랑이가 소인 줄 알고 올라타기도 한다. 호랑이가 잠깐 쉬는 사이에 호랑이 등에 탄 사람이 바뀌기도 한다. 달리면서 별의별 일이 일어난다.

뻔한 이야기를, 저마다 다른 이야기처럼 각색하는 것은 어렵다.

어떤 사람이 호랑이 목에 걸린 가시인지 은비녀인지 사람 뼈인지를 빼주었다. 호랑이가 은혜를 갚는답시고 멧돼지를 잡아다준다. 심지어 여자를 물어다준다.

이런 이야기들을 연구자들은 보은형으로 분류한다. 전래동화책이 즐겨 택하는 제목은 '은혜 갚은 호랑이'다. 그 이야기들의 원래 의도는 보은이 아니었을 것이다.

옛사람은 호랑이를 신출귀몰하게 느꼈다. 한 놈이 동에 번쩍 서에 번쩍 하는 것으로 생각했다. 그렇게 신출귀몰하려면 일단 빨라야 한다. 그래서 전래동화 속 호랑이는 눈부신 속도로 아주 먼 곳까지 달렸다.

'은혜 갚은 호랑이'류는 그저 호랑이는 무척 빨리 달린다는 걸 이야기하고 싶었을지도 모른다. 호랑이는 갑자기 한양 가서 여자를 물어 올 정도로 빨랐다는 거다. 아무 목적도 까닭도 없이 달리기만 하면 무슨 이야기가 된단 말인가? 그래서 보은 스토리로 둔갑했을 뿐이다.

고작 호랑이가 빨리 달린다는 주제 때문에 그토록 많은 보은형 이야기가 탄생했다고?

현대에도 그런 예가 있다. 예능 프로그램 〈런닝맨〉을 떠올려보라. 매주 한 시간 반씩이나 방송되는 그 예능 프로의 내용이 무엇인가? 오로지 연예인들이 달리고 달리는 것이다. 매주 장소와 게스트만 바꿔서.

내 아들은 한때 〈런닝맨〉을 목숨 걸고 보았다. 못 보게 하면 부자 관계가 파탄 날 각오를 해야 했다. 정규 방송, 재방송, 다시 보기를 혼자 웃고 떠들면서 어찌나 재미나게 보는지, 어느 때는 쟤가 제정신인가 싶기도 했다. 나로서는 〈런닝맨〉이 조금도 재미없었다. 5초만 봐도 고막이 아프고 짜증이 났다.

"아들아, 아들아, 뭐가 그렇게 재미있냐?"

"재미있잖아!"

"글쎄, 뭐가 재미있느냐고?"

"그냥 재미있다니까."

대화해봐야 소용이 없다.

내 결론은 이거다. 내 아들은 그저 연예인이 달리는 모습이 재미있는 것이다.

「호랑이와 곶감」이 별 내용 없는 스토리에도 불구하고 각색 인기 순위 2등인 까닭은, 바로 그 마구마구 달린다는 것에 있다. 어린이는 달리는 모습을 보는 게 좋은 것이다.

스스로 달린다면 모를까 달리는 걸 보거나 읽는 게 뭐 재미있어?

▶ SBS, 2010. 7. 11~현재.

그럼 어른들은 왜 스포츠에 열광하는가. 스스로 공 차고, 던지고 때리고, 슛하고 한다면 모를까 보는 게 뭐 재미있어?

직접 하는 것도 재미있고 보는 것도 재미있다. 직접 하는 것도 스트레스가 풀리고 남들이 하는 걸 봐도 스트레스가 풀린다. 우리는 직접 할 시간이, 돈이, 형편이 안 되니까 보는 것이라도 해야 한다. 스포츠 방송뿐만 아니라 소위 예능 프로그램도 마찬가지다.

결혼 못 하는 이들을 위하여 예능인이 대신 결혼 생활을 해주는 게〈우리 결혼했어요〉.▶ 여행 못 가는 이들을 위하여 예능인이 대신 놀러가서 먹고 쓸데없는 게임으로 시간 때우는 게〈1박 2일〉.▶ 대중이 먹고살기 바빠서 감히 시도해보지 않는 희한한 일들을 예능인이 대신 시도해보는 것이〈무한도전〉.▶ 심지어 군대를 대리 체험해주는〈진짜 사나이〉.▶ 등등.

대신 먹어주고 대신 요리해주는 소위 먹방 프로그램은 너무 많아 짚어볼 엄두도 못 내겠다.

일제강점기엔 전래동화를 통해 그런 대리만족을 얻었다면 지나칠까?

「호랑이와 곶감」은 마음껏 달릴 수 없던 어린이를 위해 호랑이가 대신 달려주는 이야기였다.

▶ MBC, 2012. 9. 15~2017. 5. 6, 372부작.
▶ KBS 2TV, 2007. 8. 5~2019. 3. 10.
▶ MBC, 2006. 5. 6~2018. 3. 31, 563부작.
▶ MBC, 2013. 4. 14~2019. 1. 25.

타고 달리기만 하면 언제 끝날지 모른다. '호랑이 꼬리잡기 릴레이'를 덧붙이기도 한다. 호랑이가 잠깐 쉬는 동안 중이나 소금 장수에게 꼬리를 떠넘기는 거다. 위험 수위가 매우 높은 최강 미션인 셈이다.

어쨌든 이야기를 시작했다면 끝을 내야 하므로, '노루 꼬리 짧아진 사연'과 결합하기도 한다. 도둑놈인지 나무꾼인지는 맹렬히 달리던 호랑이가 쉬는 짬에 혹은 나무에 헤딩한 사이에 나뭇가지 위로 올라간다. 호랑이는 자기를 타고 달리다 나무 위로 올라간 놈이 '무서운 곶감'인지라, 살았구나 하고 달아난다.

이때 노루가 주제넘게 나선다.

"겁도 참 많으십니다. 그건 사람이에요. 내가 증명해보이겠습니다."

겁 많은 호랑이는 노루 꼬랑지를 붙잡고 아까 그 나무로 간다. 도둑놈은 노루를 껴안으며 비명을 지른다. 호랑이가 너무 놀라서 다시 달아나는 바람에 노루 꼬랑지가 뚝 끊어졌다.

노루 역할을 토끼가 맡는 버전도 있다. 토끼도 노루만큼 꼬랑지가 짧다. 왜 꼬리가 짧은지 연구할 만한 대상이다. 이처럼 토끼가 호랑이를 괴롭히기는커녕 호랑이를 위하다 꼬리만 잘린다는 민담도 많다.

요새 아이들은 무슨 말을 해야 울음을 뚝 그칠까? 요새 아이들에게 먹는 것은 통하지 않을 것 같다. 먹는 것이 통하는 것은 너나없이 굶주리던 때다. 오로지 울 이유는 배고프고 입이 궁금한 것밖에 없을 때.

곶감 대신 사탕이나 초콜릿이 통하던 시대도 한참 전인 듯하다.

'스마트폰'일까. 아이들도 눈을 즐겁게 해주면 울음을 그치지 않을까.

세상에서 제일 무서운 것은 무엇인가에 대한 탐구도 이어졌다.

조선시대까지는 호랑이가 제일 무서웠다. 정약용이 『목민심서』에 썼듯이 '가혹한 통치'를 호랑이보다 더 무서워한 사람도 많았다. 일제강점기에는 순검(경찰)이 제일 무서웠다. 「호랑이보다 더 무서운 가난」이라는 제목처럼 '가난'이 가장 무섭기도 했다.

호랑이가 사랑받는 이유는, 가난이든 가혹한 통치든 경찰이든 호랑이로 은유할 수 있다는 것이다. 그래서 지금도 여러분에게 가장 무서운 것은 호랑이다.

지금은 소외와 극심한 스트레스가 호랑이인지도 모르겠다. 그걸 달래줄 곶감은 역시 스마트폰?

▶ 「한국 전래동화집」 13권.

도대체 이 이야기의 출처는 어디인가?

전래동화에는 불문율 같은 것이 있다. 출처를 밝히지 않는다는 것.

전래동화를 연구한 무수한 글을 읽어보았다. 의외로 전래동화에 대한 비판적인 접근은 드물었다. 전래동화를 마치 신성불가침의 성역으로 보는 듯하다. 하지만 따지는 분들도 계신다. 가장 많이 따지는 것이 바로 출처 문제다.

연구자는 정말 궁금해한다. 전래동화는 왜 출처(출전)를 밝히지 않을까? 출처가 밝혀져 있지 않으면 연구자들은 몹시 괴롭다. 연구자의 글은 출처가 생명이어서 꼭 밝혀야 한다. 그래서 논문과 연구서에는 그토록 각주, 미주, 참고 문헌 목록이 매달려 있는 거다. 그런데 유독 전래동화에만 출처가 하나같이 안 밝혀져 있는 것이다.

지금까지 나온 우리나라의 전래동화집 중 이야기를 가장 광범위하게 수집했고, 예술적 형상화라는 점으로 보아도 최고봉이고 자료적 가치가 높으며, 한국 전래동화 역사에 끼친 바가 가장 큰 것은 1980~1985년에 발간된 『한국 전래동화집』이다.

『한국 전래동화집』은 전체 15권에 400여 편의 이야기가 실려 있다. 그중 호랑이가 등장하는 이야기는 단역 출연까지 모두 합하여 47편이다. 지금까지 발간된 여러 시리즈 전래동화집과 비교할 때, 월등히 많은 이야기가 수록되어 있다. 수록 면에서도 최고봉이라 할 수 있다.

현재 아동문학계는 내용보다는 그림과 디자인과 껍데기에 사활을 건다. 『한국 전래동화집』을 능가하는 전집은 안 나올 것이다. (다만 분량의 제약을 받지 않는다는 전자책의 경우에는 상상을 초월한 전집이 나올 수도 있겠다.)

『한국 전래동화집』은 3단계로 발간되었다.

1~7권: 이원수, 손동인 엮음.

이원수(李元壽, 1911~1981)가 누구인가. 선생의 업적을 다 적으려면 또 한 권의 책이 필요하다. 조금만 밝혀두자.

이원수는 마산 소년 단체인 신화소년회에서 맹활약한 바 있다. 소년회 활동의 산증인이었다. 이원수는 방정환 타계 이후 개벽사의 『어린이』 편집을 책임졌다. 최남선이 동화를 창시했다. 방정환이 동화를 중흥했다. 이원수는 동화를 절대 장르로 완성했다. 일제강점기를 '동화의 나라'로 만든 동화 1세대의 막내다. 즉 이원수는 방정환 선생이 주창한 '동화'를 누구보다도 잘 알았고 잘 썼다.

그런 이원수 선생이 채집하고 다듬은 전래동화다. 『한국 전래동화집』에 실린 동화들은 가히 예술 전래동화라 할 만하다.

『한국 전래동화집』을 출간할 당시 이원수는 칠순 고령이었다. 이미 1973년에 10권짜리 『전래동화 전집』(신진출판사)을 낸 바 있었다. 그 『전래동화 전집』의 상당수는 '전래동화'라기

▶ 1923년에 창간되어 1934년까지 통권 122호를 발행, 이어 1948년 5월호로 복간, 1949년 12월호까지 총 137호를 발행한 개벽사의 월간 아동잡지.

보다는 이원수가 집필한 각색동화로 읽힌다. 그 각색 전래동화는『한국 전래동화집』에 거의 그대로 실렸다.

『한국 전래동화집』1~7권이 전래동화 사상 '가장 문학적인, 아름다운 문장으로 쓰여 있'는 것은 이원수가 적극적으로 작품화했기 때문이 아닐까. 이원수는 단순히 옛이야기를 전하는 '그림형제'가 아니었다. 옛이야기를 적극적으로 각색한 '안데르센'에 가까웠다.

전래동화의 캐릭터는 좋은 놈과 나쁜 놈 둘로 나뉘어 자기 역할만 하면 끝이다. 이원수의 손을 탄 전래동화에서는 캐릭터들이 갈등을 겪는다. 이 역시 안데르센식 동화를 지향한다는 증거다.

원천 자료의 수집 면에 있어서도 최고다.『어린이』를 발행했던 개벽사에서는 설화를 한없이 수집했다. 설화 중에서 소년 소녀와 어린이에 맞는 것을 발굴하고 골랐다. 동화대회 구연 원고와 각종 매체 글로 널리 전파했다.

또 동화 1세대는『동아일보』와『조선일보』신춘문예 동화 부문, 전설 수집 부문 등의 심사를 보았다. 이원수는 설화 수집과 전파의 중심이었다. 이원수가 수집한 설화량은 어마어마했을 테다.

공동 엮은이였던 손동인(1924년생)은 아동문학계 2세대의 선두주자였다. 동화 작가이기도 했고 설화 수집에도 열심이었다. 손동인은 구비문학 전집을 낸 바도 있다. 하지만 대선배 이원수를 보필하는 정도였던 것으로 추측된다.

8~10권: 손동인 엮음.
이원수가 타계한 이후, 손동인이 홀로 책임진 책이다.

11~15권: 최내옥 엮음.
최내옥(1940년생)은 구비문학 전집을 낸 수집가다. 문체를
느끼기 힘들다. 특히 나중에 따로 낸 14~15권은 채록한 것을 녹
취한 다음, 토씨만 고쳐 낸 것처럼 읽힌다.

그런데 이 기념비적인 15권짜리 『한국 전래동화집』조차 출
처를 전혀 밝히지 않고 있다.
다만 이렇게 적혀 있다.

이 책에는 우리나라 전설, 민화 들을 널리 수록하였다.
지방에 따라 조금씩 다른 것은 그중 재미있고 형태가 갖
추어진 것을 골랐다. 그리고 이 동화들 중에는 수십 년 전
에 여러 학자들에 의해 채집된 것도 있고 편자가 근래에
채집한 것도 있다. 그 어느 것이나 채집 때 말해준 사람의
어투나 간략하게 된 형식을 그대로 옮기지 않고 그 내용
을 바로 전할 수 있는 동화 형식을 밟았다. 그러나 엮은 사
람으로서 자유로운 변형이나 픽션의 첨가를 피했다. 다만

홍보 글에는 "오랜 세월 입에서 입으로 전해 내려온 전래동화엔 우리 옛 조상들의 생활상과 풍속, 삶의 기쁨과 슬픔, 해학과 용기 등이 가득 담겨 있다. 창비아동문고의 전래동화는 우리나라 아동문학의 역사를 개척한 이원수 선생님을 비롯하여 동화 작가 손동인, 최래옥 선생님이 수집·정리한 것으로 지금까지 간행된 전래동화들 중 가장 정확한 판본이라 할 수 있다."라고 적혀 있다.

하지만 저자들이 머리말에 스스로 밝혔듯이, '가장 정확한 판본'이라고 말할 수는 없다. 차라리 '가장 모범적인 판본'이라고 했다면 말이 된다. 머리말에 적힌 대로 그때까지 수집된 모든 판본을 고려해서 가상 훌륭하게 문자로 고정시키고 싶었다는 것 아닌가.

자, 이원수와 손동인 선생님께 여쭤보자. 왜 출처를 밝히지 않으셨는지요? 머리말에 언급한 것을 구체적으로 적어주기만

▶ 『한국 전래동화집』 1~7권, 머리말.

하면 되는데 말이죠.

　도저히 밝힐 수 없었을 것이다.

　출처 밝히기의 어려움을 아주 잘 보여주는 호랑이 설화 한 편
이 있다.

　1923년 겨울, 동아일보 기자가 만우 스님께 물었다.

　"동학사는 언제 창간되었습니까?"

　"여러 번 병란에 불이 붙었으니 무엇이 남았겠습니까. 소승
이 어려서 굴속에서 공부를 할 적에 하루는 어떤 노인이 와서
'동학사 연기(緣起, 절이나 불상이 조성된 유래. 또는 그 기록)'
를 아느냐고 물었습니다. 모른다고 했더니 그렇거든 들으라 하
면서 해준 이야기가 있습니다. 동학사와 이 뒷고개에 있는 오누
이탑의 연기지요. 그 노인은 중도 아니오, 지나가던 속인입니
다. 소승이 동학사에서 60년을 살았지만 그 이야기밖에 들은 것
이 없습니다."

　"그 이야기라도 해주시지요."

　잠깐 정리를 해보자.

　『동아일보』 기자가 계룡산 일대를 견문하고 연재한 것이 「계
룡산기」다. 기자가 상원사 주지 만우 스님에게 동학사의 연기
를 물었다. 스님은 어떤 노인에게 60년 전에 들었다는 이야기를

▶ 「동아일보」, 「계룡산기 6: 망국의 한을 포한 상원사의 수도修道」 1923. 12. 6.

들려주었다. 기자는 그걸 신문에 게재했다. 내가 90여 년 전의
그 기사를 여러분에게 소개하려는 중이다.

　60년 전(1860년경) 어떤 노인 → 만우 스님 → 기자 → 1923년
신문 지면 → 필자 → 현대 독자 여러분.

　백제가 망한 후에, 백제 왕족 한 분이 계룡산에 들어와 상원
암 조사(스님)가 되었다.

　상원조사는 공부로만 일을 삼았다. 백제가 망한 후라면, 지
금으로부터 1350여 년 전이다. 여러분, 나라가 망하고 세상에
뜻이 없어도 할 수 있는 게 공부다. 시간을 때우는 데 최고라는
거다. 공부를 너무 미워하지 마시라.

　하루는 아침에 일어나 문을 열고 보니 큰 호랑이 한 마리가
창을 향하고 쭈그리고 앉았다. 상원조사가 호랑이에게 물었다.

　"네가 나를 먹으러 왔느냐?"

　호랑이는 아주 측은하게 고개를 숙이고 조사의 곁으로 왔다.
호랑이가 입을 쩍 벌렸다. 조사는 단박에 알아차렸다.

　"무엇이 목에 걸렸으니 빼달란 말이냐?"

　손을 넣어 호랑이의 목에서 사람의 뼈 한 마디를 빼주었다.

　호랑이 목에서 뭘 빼준 이야기를 읽어봤을 테다. 가시 아니면
은비녀를 빼준다. 은비녀를 빼준 버전은, 여자 잡아먹은 호랑
이라는 것을 은근히 강조하는 것일 테다.

　"너도 생명이니까 살려주는 것이다. 다시는 인명을 해하지

말아라." 호랑이를 책망하여 보냈다.

이튿날 그 호랑이가 커다란 멧돼지 하나를 물어다놓고 앉았다. 조사는 얼굴을 찌푸렸다.

"이놈이 또 살생을 했구나. 네 깐에는 은혜를 갚노라고 그랬겠지. 그러나 나는 입산수도하는 중이니 육붙이를 먹을 리가 있느냐. 너나 갖다 먹고 다시는 살생을 말아라."

육식동물한테 살생을 말라면 어떻게 살라는 건가? 아무튼 호랑이는 멧돼지를 물고 수풀 속으로 돌아갔다.

며칠 후 어느 눈 오는 날 밤에 문밖에서 쿵쿵 소리가 들렸다.

이번엔 호랑이가, 연지 찍고 곤지 찍고 원삼 입고 족두리 쓴 색시를 물어 왔다.

호랑이도 참, 하필이면 시집가는 여자를 데려왔다. 여러분이 본 영화나 드라마 중에 결혼 예식 때 갑자기 등장해 신부를 납치해가는 사나이들이 여럿 있었다. 호랑이도 그런 짓을 했다. 호랑이가 현대 사나이와 다른 것은, 엉뚱하게도 스님에게 갖다 주었다는 것이다.

조사는 손으로 호랑이의 머리를 때렸다.

"내가 그만큼 일렀거든 또 사람을 물어 온단 말이냐."

호랑이는 들은 체 만 체 하고 달아나버렸다.

조사는 할 수 없이 그 여자를 방으로 안아 들였다. 아랫목에 뉘였다. 손발도 식고 입술도 파리하게 얼었으나 상처는 조금도 없었다. 여자의 다리를 주무르는 한편 입을 벌리고 물을 흘려

넣었다. 색시가 휘 하고 숨을 돌렸다.

이튿날 조사는 그 색시를 집으로 데려다주려고 하였으나 밤새도록 쌓인 눈에 길이 막혔다. 어찌하랴. 할 수 없이 오라버니와 누이가 되어 겨울을 났다.

김현 청년과 호랑이 처녀는 만나자마자 운우지정을 나누었는데 역시 도 닦는 스님이라 다르시다.

해동이 되자, 조사는 색시를 데려다주러 갔다. 색시 집에서는 호랑이에게 물려 가서 죽은 줄로만 알았던 딸이 돌아온 것을 보고 '일희일비'하였다. 살아난 것은 다행이지마는 저것을 무엇에 쓰랴.

색시 부모가 부탁했다. "내 딸과 혼인해주시오."

"입산수도하는 몸이 장가가 당하리까!"

"내 딸과 삼동을 단칸방에서 지내놓고 오리발을 내미는 건가."

"단칸방에서 삼 년을 지낸다 하더라도 댁 따님의 털끝 하나 건드릴 내가 아니오. 아무 일 없었습니다."

21세기 사람도 믿기 어려운 이야기를 통일신라 때 사람이 믿어줬을 리 없다.

김씨 집에서는 조사를 잡아끌고 읍내 원님을 찾아갔다.

만우 스님: "원님이 그 색시가 처녀가 아닌가를 검사했다는 말도 있지마는 더러운 말이어서 못하겠습니다."

처녀가 아닌가 검사를 했다? 눈이 휘둥그레진다. '더러운 말'이라 알려주지 않으셨다는데, 알려주었다면 기자는 그걸 신문에 적을 수 있었을까. 신문에 적었다면, 나는 그것을 여러분에게 보여주려고 옮겨 적을 수 있었을까?

어쨌거나 그 색시는 처녀인 것이 판명되었다. 상원조사는 갸륵한 도승이라 하여 융숭한 대접을 받았다. 김씨 집에서도 조사를 믿고 백배 사례할 뜻을 보였다.

"나는 먹을 것이 없어서 중이 된 것도 아니오, 의탁할 곳이 없어서 중이 된 것도 아닙니다."

조사는 멋지게 말하고 모든 것을 뿌리치고 떠나려고 했다. 그때 색시가 따라나섰다.

"아버님, 어머님! 나도 오빠 따라 입산수도하러 갑니다."

상원암에 돌아와 두 사람은 평생 오누이 사이로 지내며 도를 닦다가 죽었다.

기자 일행 중 하나가 도저히 믿을 수 없다는 듯 물었다. "일생을 그 단칸방에 있었나요?"

만우 스님은 여전히 엄숙한 어조로 대답했다.

"그렇고 말고요. 오누이가 죽은 뒤에 둘 다 사리가 나왔다구요. 색시네 집 사람들이 와서 오누이 사리탑을 쌓고 또 동학사를 세웠다고 합니다."

호랑이는 조연으로 앞부분에만 등장했지만 기본적인 화소는 다 보여주었다.

─사람이 호랑이 목에서 뭘 빼주었다.

―호랑이는 매우 빨리 달린다.

―호랑이가 짐승을 물어다주었다.

―심지어 여자도 물어다주었다.

이 기본적이고 기초적인 최소한의 스토리라인. 연구자들은 '화소'라고 부른다. 화소는 이야기를 구성하는 최소 단위다. 화소들이 결합해서 이야기로 확장한다.

즉 '상원암 오누이'는 호랑이 관련 네 가지 화소가 결합한 전설이다. 이 화소들은 조선 후기 야담집에도 다양하게 실려 있다. 하나의 야담집에만 실려 있는 게 아니라 이른바 조선 후기 3대 야담집▶에 다 실려 있다.

이 야담집들은 각기 이본들이 있다. 그 이본에도 조금씩 다르게 실려 있다. 거의 모든 야담집을 망라해서 재미난 이야기만 뽑아 엮었다는 현대의 『이조한문단편집』(전3권)▶에도 저 화소들을 찾는 건 어렵지 않다.

이러저러한 '구비 전집'에도 위 화소들이 널려 있다.

어떤 작가가 새로이 '상원암 오누이' 각색을 기획했다고 하자. 자료를 찾아보았다. 필자가 밝혀놓은 바와 같이 번다하다.

그 밖에 이미 다른 선배 작가들이 내놓은 새 버전들이 부지기수다.

▶ 『청구야담靑丘野談』(편자 미상), 『계서야담溪西野談』(이희준 편찬), 『동야휘집東野彙輯』(이원명 편찬).

▶ 이우성·임형택 역편, 일조각, 1978.

공부를 모두 마친 각색자는 어떤 자료나 선배 작가가 한 것을 그대로 옮길 수는 없다. 그대로 옮기면 표절 시비를 당할 수도 있다! 결국 또 다른 버전을 완성해야만 한다.

각고의 노력 끝에 자기 표 '상원암 오누이'를 썼다. 『한국 전래동화집』 머리말에 나오는 말처럼 "어린이들이 흥미 있게 읽을 수 있도록 원형을 지키면서 동화 문학적 표현과 문장의 통일을 기했다."

이때 각색자는 출처를 뭐라고 밝혀야 하는가?

1) 『동아일보』, 「계룡산기 6: 망국의 한을 포한 상원사의 수도」, 1923. 12. 6.

2) 만우 스님에게 이야기를 들려준 60년 전의 어떤 노인.

3) 만우 스님.

4) 어떤 '한문 야담집'.

5) 무슨 구비 전집에 이름이 밝혀진 구연자.

6) 현대 무슨 출판사 무슨 책.

등등.

작가가 만약 이 중에 딱 찍어서 누군가의 이야기를 각색 텍스트로 썼다면 그것만 밝히면 된다. 하지만 전래동화가 뭔가. 어린이들 눈높이에 맞춰야 한다. 게다가 그 이전의 것과 똑같아서는 안 된다. 터무니없이 달라도 안 된다. 게다가 이왕 쓰는 것,

나의 개성을 발휘해야 한다. 지금까지 누구도 안 쓴 문장을 쓰려고 노력하게 된다. 결국 모든 버전이 뒤엉켜버린다.

그러니 출처는 각색자도 모른다. 그저 자신이 또 하나의 새 버전을 만들어냈다는 것만 알게 될 뿐이다.

각색자는 도저히 출처를 밝힐 수가 없다. 자기가 봤던 버전을 전부 적어놓는 방법이 있지만 어린이가 신경 쓸 것 같지 않다.

출판사에서도 안 좋아한다. "작가님, 전래동화가 논문인 줄 아세요?"

그래서 작가는 마음 편하게 안 밝히는 거다.

여러 이야기의 합성

합성이 전래동화의 일반적인 양태라는 것을 잘 보여주는 「범과 효자」를 보자.

서당에 있는 아이들이 주인공더러 아버지 없는 애라고 놀리고 괴롭힌다. 가끔 아이들이 어른보다 더 잔인하다고 생각이 될 때가 있다. 바로 이런 경우다. 아이들은 불우한 아이를 놀릴 뿐만 아니라 괴롭히기까지 한다.

주인공은 이름난 포수의 아들이었다. 열심히 훈련하여 금강산 호랑이를 잡으러 간다. 영락없이 「금강산 유복동」이다.

▶ 「조선전래동화집」

199

주인공의 원수인 큰 호랑이 말고 다른 범이 주인공을 도와준다. '동무 범'이다. 주인공은 동무 범의 도움으로 원수 대호를 해치우는 데 성공한다.

동무 범과 주인공은 호형호제 인연을 맺는다. 아우가 된 범은 멧돼지도 물어다주고 색시도 물어다준다. 여기는 「은혜 갚은 호랑이」다. 「효성 깊은 호랑이」라고 할 수도 있다. 호랑이가 사람에게 멧돼지 물어다주는 이야기는 두 동화의 공통분모다.

나중에 아우 범은 죽을 때가 되자 사람 형에게 나타나 일종의 보험 사기극을 제의한다. 늙은 아우 호랑이가 서울을 휘젓고 다닌다. 효자 주인공이 나타나 눈물을 머금고 호랑이를 쏴 죽인다. 상도 받고 벼슬도 얻어 출세한다. 여기는 '호랑이 자폭 설화'다.

이렇게 정리할 수도 있다.

「범과 효자」= '호랑이에게 아버지를 잃은 자식의 복수 설화' + '호랑이가 뭔가를 물어다준다는 소소한 행운 설화' + '호랑이 때문에 크게 부자가 된 대박 설화'.

「범과 효자」는 인기 높은 세 화소의 결합인 셈이다.

「범과 효자」처럼 각색된 이야기가 과연 출처를 밝힐 수 있을까.

전래동화 작가들 중에는 출판사가 보내준 자료에 의지하는 경우가 많다.

"선생님, 호랑이 재판 받는 이야기 아시죠? 저희 출판사에서 이번에 새 전래동화집 시리즈를 기획했어요. 선생님이 호랑이 재판 받는 이야기를 써주시면 고맙겠습니다."

"그러겠습니다." 하면 출판사에서, 호랑이 재판 받는 이야기 대여섯 개의 버전을 보내준다. 이미 그 대여섯 개만 읽고도 내가 대충 알고 있던 이야기까지 뒤섞여서 뭐가 뭔지 모르게 된다.

어쨌거나 그 대여섯 개 버전을 절충해서 (다른 출판사에서 나온 전래동화 버전은 보지 않고) '호랑이 재판 받는' 전래동화를 각색했다.

이때도 마찬가지다. 출처를 무엇이라고 밝혀야 하는가?

이것은 구비 수집의 경우에도 마찬가지일 테다. 구비 수집가들은 녹음을 해서 글로 푼 다음, 구연자의 이름만 적어두는 것으로 출처를 밝혔다고 생각하는 모양이다. 그것은 출처가 될 수 없다. 말 그대로 수집, 구연 때의 상황 표기일 뿐이다.

출처를 알자면 그 구연자에게 어디서 누구에게 들은 건지 계속 물어야 한다. 알다시피 하릴없는 행위다. 구연자도 자기가 어디서 들었는지 자세히 모르는 경우도 허다하다.

구연자가 무슨 이야기를 했다고 해서 그것이 어떻게 아주 옛날부터 전해져 내려온 이야기라고 덥석 믿을 수 있는지부터가 의문이다.

'한국정신문화연구원(현 한국학중앙연구원)'에서 수집한

『한국구비문학대계』는 1975년부터 1985년까지 수집되었다.

1975년에 백 살이신 할아버지에게 옛이야기를 듣는다고 하자. 백 살이시니까 1875~1900년에 들은 이야기도 있을 수 있다. 하지만 그 이후로 75년을 더 사시면서 끝없이 읽고 들었다. 알고 있는 모든 이야기가 뒤엉키고 재구성되었을 테다. 그중에 하나의 기억으로 된 것을 말했다. 사실 그건 최근에 기억된 이야기일 수도 있다. 알다시피 사람의 기억력은 형편없다.

그렇게 수집된 구비가 "우리 조상들의 생활과 감정에서 만들어지고 전해져 왔으며, 그 옛날 사람의 마음을 시원하게 해주고 재미있어하고 감동하게도 해온 것"▶이라 할 수 있을까.

'조상들' 대신에 '20세기 한국인', '그 옛날' 대신 '근현대'를 넣어야 올바르다고 생각한다.

증거는 바로 그 『한국구비문학대계』다. 옛날이야기라지만 당대 사람이 다 알고 있는 이야기였다. 근현대 사람이 활자로 보고 라디오로 들은 것이다. 누군가에게 활자와 라디오에서 견문한 것을 재구성한 바를 전해 들은 것이다.

구비 채집이 대단한 것 같지만 실상 별게 아니다. 동네마다 말 잘하는 이야기꾼이 있기 마련이다. 구비 채집자가 찾아와 녹음기를 그 이야기꾼에게 들이댔다. 그가 말한 바를 활자로 풀어서 모아놓은 것이 바로 『한국구비문학대계』다.

▶ 「한국 전래동화집」 머리말.

『전래동화 교육의 이론과 실제』에 따르면, 400여 권의 전래동화집에서 출처를 밝힌 책이 단 한 권밖에 없었다고 한다.

나는 이게 통탄할 일이 아니라 진실로 받아들여야 할 일이라고 본다. 진실은 간단하다.

전래동화집은 출처를 밝힐 수가 없다.

굳이 밝히라면 밝힐 수 있다. 내가 100권의 자료를 검토해서 '호랑이 대 토끼'를 썼다고 하자. 논문이나 연구서에는 읽은 책 자랑으로라도 죽 적어넣을 수 있다. 그러나 껍데기는 화려하고 그림도 화려하고 내용은 조금인 전래동화 어디에 책 이름을 죽 적어놓으란 말인가? 어린이도 경악하고 학부모도 경악할 테다.

그래서 전래동화집은 출처를 설령 밝힐 수 있어도 밝히지 않는 것이다.

유일하게 출처를 밝힌 단 한 권의 '전래동화집'이 뭘까?

『민간설화』라는 책이라고 한다. 채집 일람표에는 수록한 이야기 하나하나에 대하여, '들은 사람, 들은 날, 들려준 사람, 성별, 나이, 들은 곳, 참고 서적' 등을 적어 이야기의 출처를 제시하였다고 한다.

하지만 이 책보다 50년 전에 채집 일람표와 출처를 제시한 책이 있다.

▶ 최인학, 계몽사, 1980.

일본어로 출간된 『조선민담집』이다.▶

나는 1930년에도 마찬가지였다고 본다. 이미 설화 홍수 시대였다. 수십 년 동안 어마어마한 양의 설화가 발굴되고 재구성되었다. 설화를 전래동화로 변환하는 작업이 한창이었다.

『조선민담집』은 요샛말로 '구비문학대계'였다. 읽어보면 상황은 같다. 구연자들은 아주아주 옛날이야기를 하는 게 아니다. 가까운 시기에 누군가에게 들은 것, 재구성되었을 확률이 높은 것, 그런 것을 이야기하고 있다. 실상은 '출처'일 수가 없다.

'출처'에 대해 더욱 복잡하게 생각하도록 만드는 동화 한 편을 보자.

형된 호랑이▶

호랑이 담배 먹을 적의 이야기입니다.

의견 많은 나무꾼이 어느 날 깊은 산속으로 나무를 하러 갔다가 길도 없는 나무 숲속에서 커다란 호랑이를 만났습니다.

며칠이나 주린 듯싶은 무서운 호랑이가 기다리고 있었던 듯이 그 큰 입을 벌리고 앞으로 달려드는 것을 만났으니 소리를 지르면 무슨 소용이겠습니까. 달아나자니 뛸 수가 있겠습니까? 꼼짝 못 하고 꼭 잡혀먹히게 되었습니

▶ 손진태, 향토연구사, 1930.
▶ 『동아일보』 김상덕, 1935. 7. 14.

다. 그러나 이 나무꾼은 원래 의견이 많고 능청스러운 사람이라 얼른 지게를 진 채 엎드려 절을 한 번 공손히 하고 "아, 형님! 형님을 인제야 만나뵙습니다. 그동안 아무 일 없으셨습니까" 하고 손이라도 쥐일 듯 가깝게 다가갔습니다.

호랑이도 형님이란 소리에 어이가 없던지 "이놈아, 사람 놈이 나를 보고 형님이라고? 형님이 무슨 형님이냐" 소리를 지르니까 나무꾼은 시치미를 딱 떼고 능청스럽게 "어머니께서 늘 말씀하시기를 너희 형이 어릴 때에 산으로 나무를 하러 갔다가 죽었는지 살았는지 돌아오지 않아 고만 죽을 줄만 알고 있었드니, 그 후로 가끔 꿈을 꿀 때마다 형이 호랑이가 되어서 돌아오지 못한다고 울고 있는 것을 보았으니, 분명히 너희 형이 산속에서 호랑이가 되어 돌아오지 못하는 모양이니, 네가 산으로 나무를 갔다가 혹시 호랑이를 만나거든 형님이라 부르고 자세한 이야기나 하라고 하시는데, 이제 당신을 뵈우니 꼭 우리 형님 같아서 그럽니다. 그래 그동안 산속에서 얼마나 고생을 하셨습니까?" 하면서 눈물까지 글썽글썽해 보였습니다. 그러니까 호랑이도 가만히 생각하니 저도 누구의 아들인지 그것도 모르겠고 나기도 어데서 났었는지 어릴 때의 일은 도무지 모르겠음으로 나무꾼의 말같이 제가 나무꾼의 형인지도 모른다고 생각되었습니다. "이 애야 그럼 어머니께서 지금도 살아 계시냐." 하고 호랑이는 눈물을 흘립니다. "네 아직도 계시지만 늘 형님 생각을 하고 울고 만 지내십니다. 오늘 이렇게 뜻밖에 만났으니 어서 집으로 가시지요." 하고 나무꾼이 조르니까 이 호랑이는 아무 것도 모르고 "내 마음은 지금 한숨에라도 뛰어가서 어머님을 뵈옵고 그동안 불효한 죄를 빌고 싶다마는 내가 이렇게 호랑이 탈을 쓰고야 어떻게 갈 수가 있느냐. 내가 가서 뵈옵지는 못하나마 한 달에 두 번씩 도야지나 한 마리씩 갖다 줄 터이니 네라도 내 대신 어머님 봉양이나 잘하여라. 그리고 오늘 가서 자세히 말씀이나 드려라." 합니다.

나무꾼은 죽을 것을 면해서 집으로 돌아왔습니다. 그후 정말로 한 달에 두 번씩 초하루와 보름날 봄에는 뒤꼍 울타리 안에 도야지 한 마리씩이 놓여 있는 고로 그전에 산에서 만났던 호랑이가 갖다놓은 줄 알았습니다. 그해 여름이 지나고 또 가을이 지나고 또 겨울이 지나게 될 때까지 꼭 한 달에 도야지를 잡어다 두고 가더니 그 후 정말 어머니가 돌아가셨습니다.

그 후로는 영영 초하루와 보름이 되어도 도야지도 갖다 놓지 않고 만나볼 수도 없고 아무 소식이 없었습니다. 그래 웬일인가 하고 궁금하게 지내다가 하루는 산에 갔다가 작은 호랑이 세 마리를 만났는데 겁도 안 내고 가만히 보니까 그 작은 호랑이 꼬랑지에 베[布]헝겊을 매달고 있습

니다. 하도 이상하여 그것이 무어냐고 물어보니까 그 작은 호랑이들도 아주 친하게,

"우리 할머니는 호랑이가 아니고 사람인데 그 할머니가 살아 계실 때는 우리 아버지가 한 달에 두 번씩 도야지를 잡아다드리고 했는데 그 할머니가 돌아가셨다는 말을 듣고 그날부터 우리 아버지는 굴 밖에도 나가지 않으시고 먹을 것을 잡아오지 않고 굴속에만 들어앉아서 음식도 안 먹고 어머니 어머니 부르면서 울고만 계시다 고만 병이 나서 돌아가셨답니다. 그래 우리들이 흰 댕기를 달았답니다." 합니다.

나무꾼은 죽을까 봐 거짓 꾀로 호랑이보고 형이라고 한 것이 정말로 호랑이가 의리를 지키고 효성을 다한 일에 감복하여 나무꾼도 눈에는 눈물이 고였습니다.

여러분이 잘 아는 '효성 깊은 호랑이'다. 먼저 소개한 「범과 효자」의 변형이다.

『동아일보』에 김상덕이 '동화'로 발표한 글이다. 김상덕은 당대에 활발하게 작품을 썼던 동화 작가다. 그가 쓴 동화가 10편이나 『동아일보』에 실렸다.

김상덕이 「형 된 호랑이」를 어떻게 쓴 것인지는 정확히 알 수 없다. 아무튼 '전설'이나 '야담'이나 '민담'이라 하지 않고 '동화'라고 했다. 어떤 경우든 작가 김상덕이나 『동아일보』 학예부

는「형 된 호랑이」를 새로운 창작품이라고 생각했던 것이다.

위에서 읽은 딱 저 모양의 '효성 깊은 호랑이 이야기'를 읽었다면, 그것의 원전 혹은 출처는『동아일보』의「형 된 호랑이」일 가능성이 높다.

하지만「형 된 호랑이」를 읽은 이들은 그걸 누군가의 독자적인 창작동화로 보기 어려웠다. 누가 보기에도 호랑이가 멧돼지 물어다준다는 이야기의 변형판이었으니까. 후대의 누군가는 그 동화를 다른 전설류 책에 옮겨 적으면서도 '김상덕'이라는 이름은 중요하지 않게 여겨 빼버렸을 테다.

오! 재미있는 변형이군, 김상덕은 뭐 전설 수집가겠지, 대수롭지 않게 여겼을 테다.

수십 년이 흘러 전래동화집들이 출간되었고「형 된 호랑이」도 들어가게 되었다. 저작권자가 있을 거라는 생각조차 하지 않았을 테다.

어쩌면 김상덕 본인도 자기가 일제강점기에 썼던「형 된 호랑이」에 어느 정도나 창작이 가미되었는지 분간하기 어려웠을 테다. 그렇게「형 된 호랑이」는 수없이 각색되었다. 제목이 한국인의 강박관념 '효도'를 강조하는「효성 깊은 호랑이」로 탈바꿈하기도 했다. 옛날부터 입에서 입으로 전해져 내려온 전설이지, 1935년에 문자로 고정된「형 된 호랑이」라고는 아무도 생각조차 않게 된 것이다.

각색 작가들이 이런 사연을 알았더라도, 출처를 '1935년『동아일보』에 게재된 김상덕 버전'이라고 밝혔을까? 현대 각색자들이 보기에도 김상덕의 「형 된 호랑이」는 창작물이라고 보기 어렵다. 익숙한 화소의 결합에 약간의 발상(새끼 호랑이들이 베 헝겊을 매달고 있었다는)을 가미한 것뿐이잖은가.

아마도 「형 된 호랑이」 같은 사례가 상당하리라 생각한다. 1920~1930년대에 내로라하는 글쟁이들이 전설 형태의 동화를 각색하는 데 공력을 쏟았다. 증거로 1930년에 출간된 마해송의 『해송동화집』에도 전설 동화가 여러 편 실려 있다. 방정환 선생의 동화를 모아 엮은 『초등학생을 위한 방정환 동화 33가지』를 보면, 방정환 선생도 전래동화를 여러 편 썼다.

좋은 각색 작품이 상당수 발표되었으리라. 이 작품들의 상당수가 문장만 다듬은 전설로 취급되었다. 수십 년이 지나 전래동화의 전성기가 오자, 일제강점기의 전설류 동화는 모조리 '옛날부터 입에서 입으로 전해져 온 전래동화'가 돼버린 것이다.

우리에게도 안데르센 같은 작가가 있었을지도 모른다. 안데르센도 전래동화를 많이 썼다. 안데르센의 작품들은 안데르센 동화로 특화될 수 있었다. 일제강점기 우리나라 각색 작가들의 전래동화는 그저 전설이 돼버렸다.

일제강점기의 훌륭하지만 잊힌 전래동화를 발굴할 생각은 꿈에도 않는다. 오로지 '옛날부터 전해져 내려온'을 외친다. 출처를 절대로 밝힐 수 없는 무한 각색에 애쓰고 있다.

'옛날'이 어느 때라는 최소한의 전제도 없이 무조건 '옛날부터 전해져 내려온'이라는 기치를 내걸면, 그게 전통인가?

퇴행일 수도 있다.

각색 작가들이 생각했던 것처럼 「효성 깊은 호랑이」의 중심 생각이 '효'였을까. 불효자들아, 호랑이도 저렇게 효도한다. 효도 좀 해라. 이런 의도였을까?

「형 된 호랑이」라는 제목을 다시 보자. 왜 '효도'라는 말이 없을까. 그것은 김상덕 작가가 '효'보다는 다른 것을 의도했다는 증거다. 호랑이는 왜 느닷없이 사람의 형이 되었나? 나무꾼한테 속았기 때문이다.

지금 관점으로는 나무꾼은 농촌 경제의 가장 밑바닥 계층이다. 일제강점기 나무꾼은 농촌과 도시를 왔다 갔다 하며 돈을 버는 상당한 능력자였다. 그냥 땔감을 구하려 했던 생계형 나무꾼이 아니고 돈을 벌 목적으로 나무를 한 프로 나무꾼이라면 말이다. 프로 나무꾼은 장사꾼이기도 했다. 프로 나무꾼한테 속은 도시인들이 부지기수였다. 나무꾼은 요새 다단계 사업자와 같은 취급을 받았다. 뚜렷한 증거는 없지만 왠지 사기꾼 같은 것이다. 그런 게 아니더라도 나무꾼이 호랑이한테 사기 친 것은 틀림없는 사실이다.

사람은, 특히 나무꾼(장사꾼)은 호랑이도 속일 수 있는 사기꾼 재능을 가지고 있으니 뭇사람은 사기당하지 않도록 경계하

라. 그리고 사기꾼아, 호랑이가 불쌍하지도 않느냐.

너한테 사기당해서 남을 위해 헛고생만 하다가 죽은 호랑이! 새끼 호랑이들이 불쌍하지도 않느냐. 너한테 사기당한 사람의 자식들이 지금 저렇게 처절히 울고 있을 테다. 이렇게 사기극이 만연한 사회상을 풍자하려고 했던 것 아닐까.

나무꾼을 일본 정부로, 호랑이를 조선의 구세대로 생각해보자. 아비 호랑이를 잃은 새끼 호랑이들은 조선의 어린이(소년과 아동)다. 아비 호랑이는 일본의 문화 통치에 속아 똥인지 된장인지 구별 못하고 일본 정부에 충성했다. 일본 천황(나무꾼의 어머니)이 죽었다고 식음을 전폐하고 울다가 굶어 죽었을 정도다.

새끼 호랑이들아, 나무꾼과 다정히 대화하고 있을 때가 아니다. 너희들이라도 정신 차리고 나무꾼(일제 통치자)을 잡아먹어야 한다. 이런 이야기를 하고 싶었을 수도 있지 않을까.

호랑이 핑계로,
여성 비하

호랑이 핑계로,
여성 비하

오래된 「해와 달이 된 오누이」를 보자.

옛날에 남매와 더 어린애 하나를 데리고 사는 할멈이, 날마다 고개고개 넘어 부잣집으로 일을 다녔다. 품값으로 수수개떡을 얻어다가 기다리던 어린애를 먹이길 일로 삼았다.

어머니가 아니고 할멈이다. 현대 각색자들은 할머니가 너무나 어린 자녀들을 데리고 산다는 것이 말이 안 된다고 생각했는지, 대개 '어머니'나 '엄마'로 바꾸었다. 그래서 여러분이 읽었던 「해님 달님」 혹은 「해와 달이 된 오누이」는 할머니가 아니고 엄마인 것이다.

젊은이는 도시로 나갔고 결혼하여 애가 생겼다. 먹고사느라 애를 돌보고 키우기가 힘들다. 그럴 때 해결책은 간단하다. 시골의 부모님께 아이를 맡기는 것이다. 지금도 조손 가정을 간혹 볼 수 있다.

▶ 「동아일보」 「호랑이(7), 조선역사급 민족지상의 호」 1926. 2. 11.

이천 년대 초, 뜻밖에도 크게 흥행한 영화가 있었다. 〈집으로〉▶
이다. 꼬부랑 할머니와 도시에서 온 싹수머리 없는 소년이 주인
공이다. 이 영화는 스케일도 작고 액션도 없고 로맨스도 없고
스타도 나오지 않는다. 그럼에도 불구하고 흥행에 성공했다.
시골 부모에게 자식 맡기고 사는, 살았던 젊은 아빠 엄마들의
가슴을 아프게 했기 때문일까.

〈집으로〉와 비슷한 다큐멘터리 영화 또 한 편이 흥행한 적이
있다. 〈워낭소리〉▶는 전래동화에 나오는 소라도 되는 듯한 무지
하게 오래 산 소와 그 소를 자식처럼 데리고 사는 할아버지 이야
기였다.

여러분도 그 영화를 보았을지 모른다. 여러분 관점으로 아
무 내용도 없는 이 영화에 어른들은 왜 감동의 눈물을 흘린다는
걸까, 의아했을지도 모른다. 아빠 엄마들에게 향수를 자극했
을지도 모른다. 자신들이 나고 자란 시골과 그곳에서 소처럼 늙
어가는 부모님.

여러분이 지금 〈집으로〉나 〈워낭소리〉를 본다면 전래동화
같을지도 모른다. 까마득한 옛날이야기 같다. 이해할 수 없는
캐릭터(할머니, 할아버지, 소)들이다. 말도 안 되는 일이 아무
렇게나 펼쳐지는 판타지다. 판타지를 가장 쉽게 감상하는 법
은, 여러분이 잘 알다시피 '전래동화 같은 거니까 따지지 않는
것'일 테다.

▶ 이정향 감독, 2002.
▶ 이충렬 감독, 2008.

할멈이 하루는 떡을 얻어가지고 집으로 돌아오다가 한 고개 마루에 올라섰다. 범 한 마리가 '쭈그리고 앉았다'. '쭈그리고 앉았다'는 말이 마음에 들지 않는다. 호랑이답지 않잖아!

"할머니, 할머니, 손에 가진 것이 무엇이오?"

"수수개떡이란다."

수수로 만든 떡이라는 건 알겠는데, '개'는 왜 붙었을까? '개'라는 접미사가 붙으면 아무렇게나 만들었다는 거다.

"그것을 주면 아니 잡아먹지."

그래서 떡을 주고 첫 고개를 넘어갔다.

다음 고개, 그 범이 앞질러 와 있다.

"옷을 벗어주면 아니 잡아먹지."

벗어주었다.

다음 고개에서 필경 사람까지 잡아먹었다.

처음부터 사람을 잡아먹었으면 떡과 옷은 저절로 따라오는 것이다. 1차 떡, 2차 옷, 3차 사람, 이렇게 단계를 밟은 이유가 뭘까?

옷을 벗어달라고 해서 벗어주었다는데 얼마나 벗어주었다는 건가? 품값으로 겨우 수수개떡을 받아 오는 할머니가 입었으면 얼마나 입었을까. 저고리와 치마만 달랑 입었을 테다. 발가벗고 다음 고개까지 갔냐고 따지는 아이들이 있을까 봐 걱정이다.

그래서 각색 작가들은 순서를 바꿨을지도 모른다. 잡아먹은 다음, 옷을 빼앗아 입는 것이다. 그러자니 첫째 고개에서 수수 개떡을 빼앗아 먹고, 두 번째 고개에서 잡아먹은 게 된다.

줄거리가 허전하다. 수수개떡 숫자를 늘리면 어떨까. 수수개 떡을 한 고개당 하나씩으로 하는 거다. 수수개떡이 세 개라면 고개를 세 개나 넘을 수 있다. 수수개떡이 일곱 개면 일곱 개나 넘을 수가 있다.

구전 시대의 어른은 아이가 지루해서 잠들 때까지 고개만 넘 을 수도 있었을 테다.

나도 그랬다. 아이가 전래동화책을 보더니, 아빠도 전래동화 할 줄 아느냐는 거였다. '구연'할 수 있느냐는 거였다. 내가 읽 은 전래동화책이 몇 권인데 이야기를 못 해주겠나. 두 편을 어 찌어찌 해주었다. 전래동화라는 게 그렇다. 훌륭한 각색자들이 아이들의 눈높이에 맞춰 훌륭하게 쓴 문장이므로 어른이 읽기 에도 술술이다. 하지만 그걸 구연하는 것은 개인 능력 차이다. 말을 잘하는 사람이 구연도 잘한다. 말을 잘 못하는 내 구연은 엉망진창이었다.

그럼에도 또 해달라니. 그래서 나는 아이를 질리도록 만들 작 정을 했다. 옛날에 할머니가 너 좋아하는 무지개떡을 바구니에 담아가지고 고개를 넘었지. 호랑이가 나타나서 "하나만 줘!" 하 기에 하나만 줘서 한 고개를 넘었어. 또 한 개 줘서 두 고개 넘 고, 세 고개, 네 고개……, 열 고개쯤 넘으면 아이가 묻는다. "떡 이 대체 몇 개야?" "겁나게 떡 많아요." 스무 고개쯤 넘으면 아이가 그런다. "관둬! 치사하다, 치사해!"

호랑이는 할머니 옷을 입고 할멈의 집으로 갔다. 남매가 반가이 나와 손을 잡는다. 손이 몽클하여 전과 다를 뿐만 아니라 따뜻한 말이 없음에 심술이 났다.

호랑이는 할머니 집을 알고 있었다는 이야기다. 그게 아니라면 개처럼 할머니 옷 냄새를 추적해서 집을 알아냈다는 건가? 따지지 말자!

주변은 어둡다. 남매가 손을 잡을 만큼 근접한 거리에서도 못 알아볼 정도로 어둡다.

호랑이가 아무리 작다 해도 할머니보다는 컸을 테다. 그 작은 할머니의 치마저고리를 입고 있느라고 지지리 답답할 테다. 옷을 입든 안 입든 못 알아볼 만큼 어두운 판이다. 뭣 하러 옷을 입느라고 생고생을 했을까? 아이들이 손이 아니라 가슴이나 등허리를 만져볼 수도 있잖아. 아, 그렇군요, 쩝쩝.

"어머니, 어머니, 오늘은 어째서 떡을 아니 가지고 오셨소?"

어머니라니? 이제까지 할멈이라고 해놓고 어머니라니? 이렇게 되면 이 동화는 시골에서 함께 사는 조손 가정을 상징하는 설정이라는 골자로 한참이나 이야기한 내 꼴이 뭐가 되는가. 여러분께 사죄를 드려야 한단 말인가? 신문에 이 동화를 기록한 최남선 선생에게 실수가 있었던 건 아닐까? 앞에 나오는 '할멈' 과 뒤에 나오는 '어머니' 중에 어느 쪽이 실수란 말인가?

객관적으로 볼 때 호랑이에게 잡아먹힌 여인은 '할멈'이라 불릴 만큼 늙어 보였다. 하지만 남매와 더 어린애에게는 '어머니'였다. 그렇다면 늦둥이들이라는 이야기다! 조선 후기에는 평균수명이 짧았다. 사람도 빨리 늙었다. 힘든 일만 하는 농촌의 여인은 더 빨리 늙었다. 마흔 살 무렵에 애를 낳은 여인은 애들이 열 살도 되기 전에 '할멈'처럼 늙어 보일 수도 있었다. 최남선 선생은 잘못이 없으시다. 호랑이와 작가가 보기에는 '할멈'이고 아이들에게는 '엄마'인 것이다.

아이들은 하루 종일 고생하고 돌아온 엄마에게 한다는 첫 말이 떡 안 가져왔냐는 거다. (보이지도 않는데 떡 안 가져온 것은 또 어떻게 알았을까.) "오늘도 참 고생하셨어요." "저희들을 위해서 오늘도 힘드셨군요!" 이런 말을 해야 착하고 효성스러운 아이일 텐데.

옛날은 먹는 게 최대의 문제였다. 여러분이 착하고 효성스러운 것은 먹을 것에 주리지 않기 때문이다. 아빠 엄마가 힘들게 일하고 돌아왔을 때 여러분의 입에서 따뜻한 감사의 말이 자연스레 나오는 것은 여러분의 본성이 착하기 때문이다. 배가 안 고파서이기도 하다. 옛날 어린이들은 늘 굶주려서 아빠 엄마가 들어오면 먹을 게 있나 없나부터 살폈다는 것을 이해해야 한다.

"오다가 범을 만나 빼앗겼다" 하고 어린애를 달래서 끼고 누웠다.

사실대로 알려주고 있는 걸 보니, 나름대로 진실한 호랑이다. 엄마가 떡을 호랑이에게 빼앗긴 건 진실이다.

조금 있다가 무엇을 오도독오도독 먹는 소리가 나므로 "어머니 잡숫는 것이 무엇이오" 한 즉 "부잣집에서 얻어온 콩 볶음이다."

아마 갓난아기였을 테다. 어떤 전래동화에서는 '별님'이 되는 어린애다. 영상이라면 참으로 잔혹한 장면이다. 호랑이가 남매 옆에서 갓난아기를 오도독오도독 먹고 있다니.

십여 년 전 어린이와 청소년이 기존의 동화를 잔혹하게 재구성한 이야기, 이른바 잔혹 동화를 인터넷에 써 올리는 바람에 어른들이 크게 걱정한 소동이 있었다. 요새 아이들의 머리와 가슴이 어찌 이토록 잔혹해졌단 말인가. 이게 다 잔혹한 영화와 만화와 게임 때문이다!

하지만 잔혹 동화는 일제 때부터 있었다. 최고 지식인이었던 분이 당시 최고 신문에 실었던 잔혹 동화라니.

각색 작가들은 도저히 잔혹 장면을 어린이의 눈높이에 맞춰 재구성할 수 없었다. 어린이들이 얼마나 충격을 받겠는가. 해결책은? 간단하다. 빼버리는 것이다. 그래서 여러분은 이 엽기적인 장면이 들어간 책은 읽은 적이 없다.

전래동화 중에는 잔혹 동화도 많았다. 당시 동화는 아동만 읽는 게 아니라 청소년에서 노인 문맹자까지 함께 공부하고 구연하는 것이었기에 잔혹해도 좋았다. 동화가 아무리 잔혹해도, 현실보다 더 잔혹할 수 없는 특수한 시대이기도 했다.

어머니가 아이를 먹을 정도로 굶주리는 게 일상적이었던 시대를 은유하는 것일 수도 있다. 어머니가 아이를 먹다니 상상하기도 끔찍한 일이니 호랑이로 바꾼 것이다. 물론 어머니들을 그토록 힘들게 하여 아이를 먹을 지경에 이르게 한 호랑이보다 더 무서운 '가혹한 통치'를 호랑이로 은유한 것일 수도 있다.

아이들이 가만히 살펴본 즉 콩 볶음이란 것은 생거짓말이요, 어린애를 그렇게 깨물어 먹는 것임을 깨달았다. 그제야 큰일이 난 줄 알고 둘이 의논하고 뒤보겠다는 핑계로 밖으로 도망하려 했다. 문이 이미 잠겨 있다. 열어달라고 해도 바깥이 안심되지 아니한다는 핑계로 열어주지 않았다.

더 이상 아무것도 보이지 않을 만큼 어둡다는 설정으로 밀어붙이기 힘들어졌다. 콩 볶은 게 없는 것도 보이고, 어린애를 깨물어 먹는 것도 보인다. '따지지 말라!'라는 무기가 있으니, 이제 어둡거나 말거나 다 보이는 걸로 한다. 그 어린애는 남매의 동생이 아니었을까? 동생이 잡아먹히고 있는데 자기들 도망갈 생각만 하고 있다.

아니다, 그게 사람이다. 위급하면 자기만이라도 살고 봐야 한다. 그래서 자기를 버리고 자식을 구하는 아빠·엄마, 자식이 아닌 데도 남을 구하고 자기 목숨을 버리는 사람이, 그 흔치 않은 사람이 등장할 때마다 언론은 광분하는 것이다. 그렇게 타인을 위해 희생하는 사람은 로또 1등에 당첨되는 사람만큼이나 드물다.

남매는 어떤 식으로 의논한 걸까? 말로? 손짓으로? 옛날이야기의 장점은 쓸데없는 묘사로 시간을 허비하지 않는다는 것이다. 어떻게든 했을 테다. 그 어떻게 부분은 독자가 상상력으로 채우면 된다.

갓난아이를 잡아먹는 장면이 없는 각색은 호랑이라는 걸 어떻게 눈치챌까. 꼬랑지나 팔뚝이나 발톱을 보고 안다.

"어머니 그러면 우리 허리에 줄을 매어 붙잡고 계시오." 하여 겨우 밖으로 나갔다. 남매가 허리에 매둔 줄을 끌러서 뒷간 기둥에 매고 급히 우물가에 있는 홰나무로 기어 올라갔다.

아이들은 왜 다른 데로 도망가지 않았을까? 두메산골이어서 그 집밖에 없었나? 대문이 꽉 닫혀 있었다. 담은 올라갈 수 없을 만큼 높았다. 두메산골의 가난한 집에 대문도 있고 담도 있다니 어이없지만, 우물가의 홰나무밖에는 피할 데가 없었다.

호랑이는 아이들을 찾아 나섰다. 환한 빛에 우물에 비친 그림자를 보고 그 속에 빠진 줄로만 여겼다. "어쩌다 거기 빠졌니? 조리로 건지랴, 함박으로 건지랴?"

드디어 이 설화 속의 호랑이도 다른 설화 속의 호랑이처럼 멍청하다는 것이 드러났다. 지금까지는 제법 용의주도한 모습을 보였다. 옷을 빼앗아 위장도 했다, 아이들의 똥 싸러 가겠다는 거짓말에도 속지 않았다. 하지만 아이들이 우물 속에 있다고 생각하는 순간, 다른 설화의 호랑이들처럼 모자라다는 게 증명되었다. 정말이지 알 수 없는 일이다. 호랑이를 그토록 숭앙하는 나라에서, 전래동화에 나오는 호랑이는 모조리 멍청이라니.

남매가 나무 위에서 웃음을 참다못해 어린 편이 하하 소리를 내었다. 어린 편이 여자다. 소녀는 참으로 대범하다. 이토록 긴박한 순간에 웃음을 터트리다니. 우습기는 했을 테다. 바로 위에 있는 걸 못 찾아서 헤매는 호랑이. 내가 오빠였다면 철없는 여동생의 머리통에 알밤을 먹였을 테다.

호랑이는 그제야 홰나무를 올려다보고 먼저 오빠에게 물었다. "너는 어떻게 나무를 올라갔니?"

오빠는 준비라도 되어 있었다는 듯이 멋진 속임수를 쓴다. "나뭇가지에 기름을 바르고 나막신 신고 올라왔다."

호랑이가 그대로 하여 수없이 미끄러져 떨어졌다. 호랑이는 엉덩이를 주무르며 동생에게 물어보았다. "너는 어떻게 올라갔니?"

여동생은 바른대로 대답했다. "도끼로 나무에 자국을 내고 맨발로 올라왔소!"

오빠는 위급한 순간에도 호랑이를 속일 수 있다는 희망을 잃지 않았다. 놀라운 임기응변의 지혜를 뽐냈다. 미련한 호랑이는 계속 떨어지다 지쳐 죽었을지도 모른다. 죽지는 않더라도 포기하고 말았을 테다. 그런데 철없는 소녀가 다 까발린 것이다. 아까는 웃어서 숨어 있는 곳을 탄로 나게 하더니 이번엔 아예 나무에 오르는 법까지 가르쳐준다. 소녀는 개념이 없다. 소녀는 진실했다. 그러나 진실할 때가 따로 있지! 소녀는 술술 다 분다.

남존여비는 조선시대 5백 년 동안 철통 관념이었다. 굳이 이런 이야기를 만들 필요가 없었다. 이런 이야기가 생겨난 것은, 여자의 발언권이 높아졌기 때문이다. 여자도 배우고 사회에 진출하고, 삼강오륜이나 칠거지악 따위에 대놓고 따지는 세상이 되었다. 남자는 그런 여자에게 "암탉이 울면 집안이 망한다!"라는 비논리적인 말로 맞설 수밖에 없었다. 옛날에는 속담 하나로 충분했지만 이제 이야기가 필요해졌다. 남자가 더 훌륭하고 여자는 기본적으로 모자라고 대책이 없는 존재다. 남자는 도끼질까지 잘한다! 이런 식의 정신 나간 주장을 직설로 할 수 없으니 우화에 담았던 것이다.

이 이야기가 근대에 생성되었다는 또 하나의 증거는 추리 기법이다. 호랑이가 찾으러 다니고, 남매는 도끼를 이용해 도망치고, 나무에 어떻게 올라갔는지를 두고 쫓는 자와 쫓기는 자가 흥미진진한 대결을 펼치고 있다. 추리 기법이 아이들에게 가장 효과적인 방식이라는 건 이미 증명되어 있었다.

동화의 중흥자 방정환도 탐정소설 『칠칠단의 비밀』을 썼다. 조선의 아이들이 긴장감으로 똥구멍이 쫄밋거리게 하고 웃기고 울렸다. 조선시대 사람이라고 추리를 안 했을 리 없다. 하지만 아이를 위하여 이토록 복잡한 이야기를 만들 만큼 한가한 어른은 없었을 테다.

이제 결말, 신화 부분을 남겨놓고 있다. 이 설화에 신화 부분이 없었다면 나름대로 논리적인 동화라고 할 수 있다. 호랑이라는 커다란 위협에 맞서 슬기롭게 난관을 극복하는 어린이들. 희망과 용기를 주기에 부족함이 없다.

그런데 해결책이 없다. 결국 호랑이에게 잡아먹히게 하자니 비관적이다. 아이들의 지혜로만 호랑이를 물리치자니 방법이 어렵다. 호랑이가 그냥 지쳐서 갔다고 하기에는 싱겁다. 호랑이를 죽이기는 죽여야 한다. 옛날처럼 방귀나 똥을 싸서 죽이거나 피리 불어 호랑이를 춤추게 해서 죽일 수도 없다. 어린이는 좀 더 말이 되는 걸 원한다.

하여 만만한 하늘님을 등장시킨 것이다. 그것은 일제강점기의 현실과도 맞는다. 일제라는 호랑이, 남매와 같은 처지인 조선 인민은 어머니(왕조)를 잃고 갓난아이(희망)도 잃었다. 어떻게, 어떻게 버텨보지만 결국에 잡아먹힐 참이다. 도무지 희망이 없다. 누가 우리 조선 민중을 구원해줄 것인가? 기독교에서는 예수님이고, 불교에서는 부처님이고, 대종교에서는 단군님이고, 천도교에서는 한울님이다. 그분밖에는 우리를 구원해 줄 분이 없다.

범이 기어오르매, 남매가 하늘 바라보고 손을 모아 빌었다.

"하늘님, 하늘님, 우리를 어여삐 보시거든 성한 동아줄을 내려보내시고 밉게 보시거든 썩은 동아줄을 내려보내소서."

하늘에서 튼튼한 오색 동아줄이 내려왔다. 그것을 붙들고 올라가서 소년은 달이 되고 소녀는 해가 되었다.

하느님에게 의지하는 방법보다 더 좋은 해결책이 어디 있으랴. 그래서 종교를 가진 사람은 그토록 행복하고 두려움이 없다. 그 어떤 고난도 그분의 뜻이고 결국엔 그분이 구원해줄 것이니까.

해와 달이 없다면 호랑이도 사람도 생겨날 수 없었을 테다. 느닷없이 해님과 달님이 되었다니. 이제까지 해도 달도 없는 시대의 이야기였단 말인가?

해님과 달님의 생긴 유래를 밝히니, 일월신화日月神話라고 거창하게 말할 수 있다. 최남선도 "해와 달의 기원과 신화적 요소도 약간 섞였지만 과연 아름답고 재미있어 예술적 동화의 상승임을 나타내었다"라고 했다.

하지만 연구자의 관점으로 보지 말고 이야기를 따져보는 관점으로 보자. 이건 그냥 할 말 없으니까 덧붙인 거다. 소설이든 영화든 흥미진진하게 진행되다가 문득 말도 안 되는 어처구니없는 결말로 끝나는 경우를 종종 본다. 그건 작가가 결말을 생각해내지 못했기 때문이다. 가진 결말은 없고 끝을 내긴 내야 하니 그런 생뚱한 결말을 적어놓는 것이다.

그리고 '과연 아름답고 재미있어'라니? 이 이야기를 '아름답고 재미있게' 읽을 사람이 대체 몇이나 될까?

여기서 끝이 아니다. 이야기는 계속되어야 한다.

'해는 계집애이므로 형체를 그 속에 감추고, 달은 사내이므로 아무나 환히 보게 몸을 드러내었다.'

언뜻 생각하면 달이 여성이고 해가 남성이다. 이게 보통 사람의 일반적인 관념이다. 달의 이미지는 온통 여성과 관련되어 있다. 다 그만두고 여자를 한 달에 한 번씩 고통에 빠트리는 월경(달거리)만 생각해도 충분하다.

이러한 역전 현상 또한 「해와 달이 된 오누이」가 호랑이 담배 먹던 시절부터 전해 내려온 구전을 들은 그대로 기록한 것이 아니라, 근대에 형성된 알레고리 동화라는 하나의 증거다.

무서운 기세로 권리를 신장하고 있던 여성에 대한 남성들의 두려움을 담은 비겁한 이야기일 수도 있다.

현대의 각색 작가들도 남자가 달님이고 여자가 해님인 것을 이상하게 여겼다. 어린이도 분명 이상하게 여겨 따질지도 모른다. 달은 온통 여성의 이미지인데 왜 이 동화에서만 바뀌었어요? 물으면 골이 아픈 것이다. 상상력을 발휘해 해결해야 했다. 어떻게?

원래 오빠(남자)가 해님이고 누이(여자)가 달님이었다. 순리대로! 그런데 소녀가 무섭다고 바꿔달라고 했다. 밤에 혼자 있는 게 무섭다는 것이다. 자상한 오빠가 바꿔주었다. 그렇게 해님이 된 소녀는 이번엔 부끄러웠다.

도대체 뭐가 부끄럽단 말인가? 철없이 웃어 숨은 데를 들키게 한 것? 호랑이한테 나무 올라오는 방법을 가르쳐준 것? 여자로 태어난 것? 사람들이 벌건 대낮에 자기를 쳐다보는 것?

어쨌든 해님이 된 소녀는 눈이 부신 빛을 쏘아댔다. 빤히 쳐다보지 못하도록!

우리 호랑이는 어떻게 되었을까. 호랑이는 현대적 이미지로 거듭나지 못했다. 아주아주 옛날 이미지로 퇴행했다.

범도 뒤쫓아 올라가서 아이들처럼 발원하였더니 하늘에서 썩은 줄이 내려왔다. 붙들고 올라가려다가 떨어져 수수깡에 걸려서 피를 낭자하게 흘리고 죽었다. 지금 수수깡에 붉은 점이 있는 건 그때 그 범이 흘린 피가 전해 내려온 것이다.

그럼 호랑이가 할멈에게 빼앗아 먹은 수수개떡은 붉은 점이 없는 수숫대에서 열린 수수로 만들었단 말인가? 이 부분만은 아주 옛날부터 전해져 내려왔을 게다. 사람은 궁금했다. 수숫대에는 왜 붉은 점이 있는지. 별의별 소리들을 다 하다가, 호랑이가 수숫대에 찔려 죽어 그 피가 스며들었다는 화소가 다른 모든 화소를 물리쳤을 테다.

남매는 근대적인 스릴 끝에 새로운 이미지의 해님과 달님으로 새 탄생했지만, 호랑이는 케케묵은 수수깡 유래담에 내던져질 수밖에 없었다. 그래야 했다. 남매는 새 나라를 탄생시킬 미래의 희망이었다. 호랑이는 사라져야 할 일제 통치 권력 혹은 썩어빠진 구세대였다.

여러분은 초등학생 시절에 충분히 착한 이해와 따뜻한 감상을 했다.

하지만 청소년이다. 과감히 의심하고 비판할 필요가 있다. 그것이 진정한 논리고 창의다.

논리적이고 창의적인 새 시대의 청소년답게, 따지고 든다면 전래동화야말로 말도 안 되는 세계다. 아무리 판타지라지만 판타지에도 합리성과 논리성이라는 게 있어야 되지 않느냐는 거다.

하여, 청소년 여러분에게 더욱 잔인한 버전을 소개하려고 한다. 뒷부분은 비슷하니까 생략하고, 맨 앞부분이다.

아주 먼 옛날, 어느 곳에 세 명의 자매와 한 명의 갓난아이를 가진 어머니가 있었다. 어느 날 어머니는 마을에 갔다 돌아오는 길에 밤이 되어 산중에서 호랑이를 만났다. 호랑이는 어머니를 잡아먹으려고 했다. 어머니는 "나를 먹기보다 나의 집에 있는 나의 네 명의 자식을 먹는 편이 좋지 않겠나?"라고 말하니까 호랑이는 아이들의 이름을 물었다. 어머니는 "해순이, 달순이, 별순이."하고 가르쳐 주었다. 갓난아이는 아직 이름이 없다고 했다.

호랑이는 어머니가 원하는 대로 어머니는 그냥 놔두고, 대신 아이들을 잡아먹으러 갔다.

도대체 이 어머니는 뭔가?

나는 도저히 이해할 수가 없다!

어른들이 읽기에도 납득이 안 되는 전래동화들이 있다. 「해와 달님이 된 오누이」가 대표적이다. 때문에 어른은 자신도 이해하기 쉽고 어린이에게 설명하기도 쉬운 코드를 찾아냈다.

"아무리 위급한 상황에 처하더라도, 오누이처럼 용기와 희망을 잃지 말고 난관을 극복하기 위해 노력해야 한다. 그럼 하늘님이 기적을 내려 구해주실 거야."

실제로 어린 남매가 호랑이 같은 유괴범을 만났다고 하자. 어린이에게 무슨 용기를 요구할 수 있는가? 어른들의 의무는 호랑이 같은 유괴범이 나타나지 않도록 사회를 건전하게 만드는 것이다.

늘 호랑이가 나타날 수 있는 사회. 호랑이를 만나거든 즉시

▶ 「조선민담집」「해와 달과 별」

전화하라고 스마트폰을 목에 걸어주면 안심은 되겠지만 실제 위기에서는 별 도움이 되지 못한다. 어른도 호랑이 같은 놈들 앞에서 속수무책이다. 호랑이를 만났을 때 여러 가지 임기응변을 가르치는 것으로 어른의 책무를 다했다고 생각한다.

하지만 호랑이가 나타나지 않는 공정하고 상식과 양심이 통하는 사회를 만들어가는 것이 어른이 노력해야 할 일이다.

효도로 가린 여성 비하

「호랑이가 된 효자」는 더욱 노골적으로 여성 비하를 담은 이야기다. '효성'을 빙자했다는 점에서 더욱 악질적인 이야기다.

황 정승은 정계에서 은퇴하고, 고향에서 노모를 모시고 사는 효자였다. 어머니가 병에 걸렸다. 재산을 다 써서 좋다는 약은 다 구해서 썼지만 효험이 없었다.

어머니 병은 병대로 못 고치고 식구는 식구대로 살길이 없이 딱하게 되었다.

조선시대 구전이라면 불가능한 문장이었다. 집안사람 하나가 아프면 온 집안이 어려움에 빠지고 온 식구가 고생한다는 식의 문장은 조선시대에는 불가능했다. 집안이 망하든 식구들이 고생하든 말든 '효도'해야 했으니까.

용하다는 의원을 만나 어머니 고칠 방법을 들었다.

▶ 「한국 전래동화집」 11권.

"방법이 꼭 하나 있지만, 그것은 위험하여서 권할 수가 없구려. (뜸을 들이다가) 그 방법은 누렁이 천 마리를 먹는 것입니다. 그렇게 개 간을 먹으면 반드시 나을 것이지만 실로 힘든 일입니다."

누렁이(황구) 천 마리를 잡아먹으면 된다는 거 아닌가? 이게 왜 위험하고 실로 힘든 일이란 말인가? 이미 재산을 다 써서? 전직 정승이었다. 부정부패 혐의로 잘린 게 아니고 스스로 은퇴했다. 즉 괜찮은 정치가였다. 조선시대 황구 가격이 얼마인지 모르지만, 전직 정승이 '개 천 마리 값'도 못 구할까. 그 재산을 다 쓰도록 못 만난 용한 의원은 왜 갑자기 나타났을까.

황 정승은 『주역周易』에 통달한 사람이었다. 『주역』을 암송하면 둔갑할 수도 있고 축지법을 쓸 수도 있었다. 이 동화를 읽은 어린이가 실제로 그런 줄 알까 봐 걱정이다. 『주역』에 아무리 통달해도 둔갑할 수는 없다. 축지법은 혹시 가능할지도 모르겠다. 『주역』을 통달하여 둔갑술을 터득하겠다는 믿음은, 서양인들의 연금술을 익혀 싸구려 금속을 금덩어리로 만들겠다는 믿음과 쌍벽을 이루는 헛된 희망이다.

각종 예능 스타를 뽑는 오디션에서 1등은 분명 나온다. 그러나 그 1등을 제외한 나머지 수만 명은 둔갑술과 연금술 같은 헛된 희망에 시간을 낭비한 것이다. 물론 노력하고 도전하는 과정 자체에 보람이 있다. 문제는 그 오디션이 진정 모두가 노력하고 도전할 만한 과제였냐는 거다.

노력과 도전이 헛되지 않게 하라면 자기에 잘 맞는 과제를 선택해야 한다. 저토록 많은 청소년이 '예능인'만을 꿈꾸고 도전하는 나라가 정상일까.

정승은 밤마다 호랑이로 둔갑하여 남의 집 누렁이 한 마리씩을 잡아다가 자기 마당에 놓았다. 3년 가까이 개 도둑질을 해서 마침내 999마리를 잡았다. 황씨 성을 가진 호랑이가 팔도강산을 누비고 다닌다고 해서 황팔도라는 별명도 붙었다. 999마리의 간을 먹은 어머니는 완쾌 직전에 이르렀다.

용한 의원은 하루에 꼭 한 개의 간을 먹으라고 하지는 않았다. 황팔도는 굳이 하룻밤에 한 마리씩만 잡았다. 냉장고가 없어서 그랬나? 황팔도라는 별명은 어떻게 붙은 건지 모르겠다. 누가 물어라도 보았는가? 호랑이 성씨를 다 알게.

마당에 내려놓은 누렁이는 누가 잡았을까. 간을 꺼내려면 일단 개를 잡아야 한다. 하인이나 종을 시켰을까? 재산이 거덜이 난 집이니 하인이나 종도 없는 것 같다. 있다 해도 소문이 날까 봐 시키지 못했을 것이다. 그렇다면 황팔도 자신이 직접? 밤새 개를 찾아 팔도강산을 누비고 다니느라 낮에는 피곤해서 잠만 잤다. 편찮으신 어머니가 직접 잡았을 리도 없다. 결국 개를 잡아 간을 꺼낼 사람은 단 한 명이다. 바로 황팔도의 아내다. 간을 꺼내고 남은 나머지 부위는 또 어떻게 했을까? 소문이 나지 않게 하려면 파묻는 수밖에 없었다. 파묻을 사람 역시 황팔도의 아내밖에 없다.

　어쨌거나 동화는 이런 궁금증에 대해서 하나도 밝혀주지 않는다. 다만 황팔도가 양심의 가책에 시달렸다는 이야기는 나온다. 도둑질을 했으니까.

　999마리를 잡을 때까지 존재감이 없던 아내. 황팔도가 천 마리째를 잡으러 가는 날, 남편의 뒤를 쫓는다. 황팔도는 돌담 속에 숨겨두었던 『주역』을 꺼내 주문을 외우고 커다란 호랑이로 둔갑했다. 호랑이는 개를 잡으러 떠난다. 아내는 『주역』을 태우면 '사랑하는 남편이 다시 호랑이가 되지 않겠지'라고 생각했다. 『주역』은 불살라져 재가 되었다.

　황팔도는 천 마리째 개를 잡아왔지만, 사람으로 돌아갈 수가 없었다. 『주역』이 없으면 변신이 불가능했다. 호랑이가 된 효자는 "나를 사람으로 다시 만들어다오. 나는 어쩌란 말이냐? 원망스러운 아내야?" 하고 울어보았지만 호랑이 어흥 어흥 하는 소리였다.

　전래동화에서 '호랑이와 사람의 의사소통 원활'은 기본 아이템이다. 호랑이가 사람의 말을 할 수 있어야 이야기 진행이 쉽기 때문이다. 하지만 완전 호랑이가 된 황팔도는 사람과 의사소통이 불가능했다. 아내와 시어머니는 호랑이를 보고 너무 놀랐다. 모든 정황을 짐작한 어머니는 충격을 받아 죽어버리고 말았다. 심장마비 혹은 뇌진탕이었을 것이다.

호랑이 보고 기절했던 아내는 잠시 깨어났다가 돌아가신 시어머니를 보고 또 충격을 받았다. 또다시 기절한 뒤로 깨어나지 못했다. 역시 죽었다는 이야기다.

이게 뭐야? 개가 천 마리나 죽었는데, 한 사람이라도 살아야지 두 사람이 죽어버려? 개 천 마리는 대체 왜 죽은 거야?

완전히 호랑이가 된 황팔도는 처음엔 순했다. 사람이 포수를 데려오고 함정을 파서 죽이려고 하자 그만 성질이 거칠어졌다. 사람을 해치는 살생 호랑이가 되었다. 고향을 떠나 다른 지역에서 살았다. 죽을 때가 되자 고향으로 돌아온 황팔도는 어머니 산소에 엎드렸다. 차차 사람으로 변했다. 놀랍게도 동네 사람이 잘 아는 전직 정승이었다.

도대체 이게 무슨 이야기란 말인가? 여러분은 나름대로 이해할 수 있겠는가?

'효도'를 잘 하자는 건가? 돈이 없으면 도둑질을 해서라도 어머니 병을 고쳐야 한다? 그게 진정한 효자다?

효도담은 어머니가 완쾌해야 성립한다. 효도한답시고 어머니뿐만 아니라 아내까지 죽이고 자신은 영원한 살생 호랑이가 돼버렸지 않은가. 효도하자는 이야기가 아니라, 효도하면 집안이 망한다에 가까운 이야기다.

어른도 이해하기 어려운 이야기인데 어린이가 이해할 수 있을까.

엮은이도 이건 도무지 어린이가 이해하기 힘든 이야기라고 생각한 모양이다. 『한국 전래동화집』 열다섯 권을 통틀어 딱 한 번 '설명'을 덧붙였다.

> 우리나라에서 효자 이야기는 성공하는 것이 원칙인데 이 이야기 하나만 불행으로 끝난 것이므로 연구할 가치가 많습니다. (……) 아무리 부모에게 효도를 한다는 좋은 목적이 있더라도 그 효도를 실천하는 방법이 나쁘면 성공할 수 없다는 것과, 부모를 위하면서 가장 사랑하는 아내를 따돌리고 비밀로 하는 부부간의 불완전한, 손발이 맞지 않는 행동은 성공할 수 없다는 뜻이 들어 있습니다. (……) 비극적인 효도 이야기이므로 설명을 덧붙였습니다.

효도를 하려면 아들과 며느리가 한마음 한뜻이 되어야 하는데 그렇지 못하면 실패로 끝난다는 뜻이 담겨 있다니…….

하지만 이러한 설명도 어린이들에게 납득이 되지 않을 테다. 어린이가 부부생활을 알겠는가, 효도를 알겠는가.

사실 이 이야기의 주제는 간단하다. 여자가 문제라는 거다. 「해와 달이 된 오누이」처럼, 남자들이 (호랑이 핑계로) 여자가 무섭다는 이야기를 하는 거다.

아내가 『주역』만 태우지 않았다면 아무 일도 없었을 테다. 개 도둑질을 해서라도 어머니를 살리는 것이 효도다. 남편을 개를 잡아 오고 아내는 개를 잡아 어머니의 병을 고치는 아름다운 효도는 본받아야 한다.

그런데 아내가 아무 생각 없이, 철없이, 멍청하게 『주역』을 태우는 바람에 효도는커녕 집안이 몰락해버렸다. 남자들이 어머니에게 효도를 하고 싶어도 며느리들이 도와주지를 않아서 못한답니다! 이렇게 뻔뻔한 남자들의 치사한 속내를 담은 이야기다. 시어머니 관점으로 보면, 며느리 때문에 자기는 죽고 아들은 미친 호랑이가 돼버린 것이다. 따라서 시어머니들의 며느리에 대한 두려움을 담은 이야기이기도 하다.

괜히 개 천 마리만 불쌍하게 죽었다.

일제강점기? 남자가 마음대로 다 해먹는 시절이었잖아. 남자가 왜 여자를 무서워해? 여자 때문에 저따위 동화를 썼다고? 도저히 이해가 안 되는데, 하실 분도 많겠다.

당시 지식인입네 하는 분들의 글을 읽어보면, 조금은 이해가 가실 테다.

예컨데 방정환과 더불어 '천도교 소년회'의 주축이며 '어린이 운동의 선구자'였던 김기전金起田[▶]의 글[▶] 한 대목을 보자.

> '해방'! 이 말은 우리 조선 사람에게 퍽도 많이 절규되
> 는 말이다. 정치적 해방, 경제적 해방을 절규함은 말도 말

[▶] 1894~1948.
[▶] 『개벽』 35호, 「개벽 운동과 합치되는 조선의 소년 운동」 김기전, 1923. 5

고, "여자의 해방"과도 같은 말도 우리가 귀가 아프도록 들
어왔다.

'소년 해방'의 당위성을 설파하는 글에 뜬금없이 "여자의 해
방"이 들어 있다.

김기전의 글을 곧이곧대로 받아들인다면, 1923년 당시도 페
미니즘의 목소리가 컸던 모양이다.

즉 '신여성' 혹은 '페미니즘'에 반항하는 치졸한 풍자 전래동
화가 얼마든지 각색될 수 있었다는 이야기다. 얼마나 '여자의
해방'이 못마땅했으면 「해와 달님과 오누이」나 「호랑이가 된
효자」같은 전래동화에서조차 여성을 비하했겠느냔 말이다.

전래동화는 원래 민담, 야사, 전설 등 어른들의 옛말(이야기)
에서 출발했다. 그러니까 옛말은 어른들의 불안과 희망과 재미
가 이야기로 꾸며진 것이다. 어른의 이야기 중에는 그저 웃고
싶어서 해본 농담도 있다. 아무런 주제도 교훈도 없는 말 그대
로 그냥 이야기도 있다. 사는 것 참 복잡한 것이야, 라는 삶의 모
순을 그린 아이러니한 이야기들도 있다.

이런 어른의 옛말이 1920년대 어린이를 계몽하기 위하여, 한
글을 가르치기 위하여, 문자로 정착된 것이 전래동화다. 전설
의 형태를 취해 전설 동화로 불리기도 했던 옛이야기 스타일이
전래동화로 발전해나갔다.

전래동화는 1980년대를 기점으로 해서 전성기에 접어들었다.

현대의 동화 작가와 교육자들과 연구자들은 일제강점기에 탄생한 동화들을 각색 대상과 교육 자료와 연구 텍스트로 삼는다. (출처가 모호한 정황 때문에) 시나브로 전래동화가 언제 어떻게 태어나서 어떻게 발전했는지 신경 쓰지 않게 되었다.

그러다보니 전래동화는 '일제강점기에 어린이의 계몽과 한글 교육을 위하여 문자로 고정된 옛이야기 스타일의 글'이 아니라, 엉뚱하게도 '옛날부터 입에서 입으로 전해져 내려온, 조상의 생활에서 우러나온 슬기와 감정을 담은 이야기'가 돼버렸다.

때문에 「해와 달님과 오누이」나 「호랑이가 된 효자」 같은 전래동화를 읽을 때 어린이는 혼란스럽다. 이 동화들이 처음 문자로 고정됐던 시기 '일제강점기의 생각'과 현대 각색 작가들의 생각하는 '옛날의 생각'이 모순을 일으키고 있기 때문이다.

「호랑이가 된 효자」는 그 정황을 잘 보여주는 동화다.

현대 각색 작가는 이 동화를 옛 생각 '도둑질을 해서라도 어머니께 효도하면 복 받는다'로 생각하고 싶다.

이 동화가 문자로 고정되었던 일제강점기 때의 생각은 '시대가 바뀌어서 아내(며느리)가 집안일에 나서고 그러는데 참 무서운 일이다. 남편은 아내 잘못 만나면 신세 망하고 시어미는 며느리 잘못 만나면…… 여자가 무섭다!'다.

어른들은 걱정이 많다. 이 동화를 어린이가 잘못 읽고 잘못 해석할까 봐. 자신도 잘못 읽고 잘못 해석한 것일 수도 있으면서도. 그래서 글짓기 교육이 성황을 누리는 것이다. 글짓기 교육이 뭔가. 전래동화 같은 책을 읽고 독후감을 쓰게 한 다음 친절하게 생각과 문장을 교정해주는 것 아닌가.

어린이를 너무 걱정하지 말자. 어차피 스스로 전래동화를 즐겨 읽는 어린이라면, 누가 넣어주는 생각 말고, 스스로 창의적인 생각과 느낌을 가질 것이다.

비판 의식을 가지면 더욱 좋지 않은가. 어린이가 비판 의식 갖는 것을 왜 그렇게 두려워하는가.

전래동화가
나아갈 길

전래동화가
나아갈 길

여러분은 헤르만 헤세를 알 테다. 『데미안』 『수레바퀴 아래서』 『싯다르타』 등을 썼다. 청소년기가 매우 중요하게 다뤄지기 때문에, 우리나라 출판사들이 무척 좋아한다. 우리나라 청소년에게 읽힐 세계 명작으로 헤르만 헤세의 소설만큼 알맞은 교양소설은 없었다.

헤세의 소설 중 『나르치스와 골드문트』가 있다. 과거에는 이 소설의 번역 제목이 『지와 사랑』이었다. 지성을 표상하는 나르치스의 삶, 사랑(낭만)을 표상하는 골드문트의 삶.

헤세의 다른 소설에서도 마찬가지다. 항상 두 명의 주연 캐릭터가 등장한다.

한 명은 지적이고 이성적이고 합리적이고 논리적이고 규칙 준수형이고 한 자리 고수형이다.

다른 한 명은 낭만적이고 감성적이고 비논리적이고 판타지적이고 규칙 위반형이고 싸돌아다니기형이다.

모범생 대 문제아인 것이다. 모범생과 문제아는 한 사람 안에서 공존하는 것이기도 하다. 모범생의 피가 따로 흐르고 문제아의 피가 따로 흐르는 것이 아니다. 두 피는 섞여 있다. 사람에 따라 어느 한쪽이 더 강력하게 표출된다. 때로는 조화롭게 섞여 있던 두 피가 어떤 상황에서 한쪽으로 쏠릴 수도 있다.

하여간 헤세의 소설은 그렇게 이분법적이다.

범생이 대 문제아, 지성 대 낭만, 논리 대 비논리, 상식 대 몰상식, 착한 놈 대 나쁜 놈······.

그런데 착한 놈인지 나쁜 놈인지 헷갈리는 유형이 있다. 범생이 같기도 하고 문제아 같기도 하다. 지성이 넘치는가 하면 낭만을 주체하지 못한다. 도대체 저놈은 뭐야? 라고 묻고 싶은 유형. 한마디로 말해서 이상한 놈이다. 제3 인간형, 아웃사이더다.

이병헌과 송강호가 나오는 〈좋은 놈, 나쁜 놈, 이상한 놈〉▶은 바로 3분법을 사상적 배경으로 하는 영화다.

아주 오래도록 사람은 좋은 사람 아니면 나쁜 사람이었다. 좋음과 나쁨이 혼재한 이상한 사람이 생겨난 것이다. 이상한 사람은 '아웃사이더'라는 고상한 별칭을 얻었다.

마녀, 악마, 괴물, 도깨비, 외계인, 괴짜로 낙인찍혀 소외당했던 그들. 그들이 하나의 인간형, 아웃사이더로 우뚝 섰다.

▶ 김지운 감독, 2008.

세상은 더욱 복잡해졌다. 이상한 놈보다 더 이상한 놈들이 나타났다. 이상한 놈을 표현하는 말, '괴짜'로도 '괴물'로도 '3차원'으로도 표현할 수 없다. 4차원 같은 놈들이 나타났다. 이상한 놈은 더 이상 이상하지가 않다. 4차원이 나타나자 아웃사이더는 그냥 평범한 놈이 되었다.

정리하자면, 캐릭터는 이렇게 진화해왔다.

2분법: 선과 악으로만 구분되는 캐릭터.

3분법: 선과 악과 아웃사이더로 구분되는 캐릭터.

4분법: 선과 악과 아웃사이더와 불가해로 구분되는 캐릭터.

「재판 받은 호랑이」는 4분법의 캐릭터를 선진적으로 보여주는 전래동화다. 뚜렷이 구별되는 네 유형의 캐릭터가 등장하는 거의 유일한 전래동화다.

호랑이(악) = 절대 강자. 탐관오리, 특권층, 지주, 일본과 미국, 재벌…….

칡넝쿨, 소나무, 소(선) = 절대 약자. 상민과 노비, 빈자, 소작인, 조선, 노동자…….

호랑이를 구해준 사람(이상한 놈, 아웃사이더)

호랑이를 다시 함정으로 돌려보낸 토끼(불가해)

호랑이를 구해준 선비는 정말 이상하지 않은가?

호랑이(악)의 피해를 견디다 못한 힘없고 약한 사람들이 단결해서 판 것이 함정이다. 마침내 그 함정으로 호랑이를 잡았다. 1987년의 민주화 운동으로 말하자면, 시민들이 단결하여 신군부 정권을 함정에 빠트린 것이다.

그런데 이상한 놈이 나타났다. 노태우 정권이 이상한 놈이 아니다. 그때까지 신군부 정권과 싸웠던 시민들의 '사분오열'이 이상한 놈이다. 이상한 놈은 결국 그 호랑이를 다시 밖으로 불러내고 말았다.

호랑이를 다시 함정으로 돌려보낸 토끼. 토끼는 결코 착한 역할을 하고 있는 게 아니다. 악을 다시 함정에 빠트렸다고 해서 착한 캐릭터가 아니다. 토끼는 누구도 이해할 수 없는 행동을 한 것이다. 원래 상태로 되돌아가기.

여러분은 전래동화에 등장하는 호랑이를 거의 빠짐없이 만났다.

호랑이를 네 가지 유형으로 생각해보자.

―착한(단순한) 호랑이

―악한(무서운) 호랑이

―이상한(복잡한) 호랑이

―불가해한(납득이 안 되는) 호랑이

어떤 호랑이가 가장 많았나?

처녀가 나물 캐러 갔다가 호랑이 새끼를 만난다. 새끼 때는 호랑이인지 고양이인지 분간하기 어려운 모양이다. 처녀는 고양이인 줄 알고 잘 놀아준다. 호랑이 어미가 나타나자 처녀는 황급히 도망친다. 호랑이는 나물 바구니를 처녀의 집에 갖다준다. 이런 자잘한 친절을 베푸는 호랑이들은 착해 보인다. 일단 사람을 잡아먹기는커녕 도와주니 말이다. (호랑이를 총각으로 읽어보라. 훨씬 재미날 테다.)

「얼음 속의 잉어」에서 딸은 한겨울에 잉어를 찾아 나선다. 개가 나타나 얼음을 깨트려 잉어를 잡아준다. 그런데 그 누렁개는 산속의 호랑이다. 딸이 놀랄까 봐 둔갑을 한 것이다. 효성스러운 딸을 도와준 호랑이. 어찌 착하지 않은 호랑이겠는가.

이렇게 사람을 도와준 '은혜 갚는' 호랑이와, '사람에게 효도하는' 호랑이들은 착한 호랑이일 수밖에 없다. (단 사람의 관점으로 볼 때. 호랑이의 관점으로 보면, 미쳐도 더럽게 미친 호랑이다.)

「호랑이 잡는 101가지 방법」에 등장했던 수많은 호랑이는 매우 단순하다. 전래동화의 제목처럼 어리석고 멍청하고 바보 같다. 1차원적이다. 이 순진무구하고 아무 생각 없이 잘도 속는 호랑이들은 단순하다. 착한 호랑이라고 해도 좋다. 너무 착하니까 그렇게 잘 속는 것이다. 그러니 토끼한테 골탕 먹은 호랑이들도 1차원이라고 봐야겠다.

겁나게 빨리 달리는 「호랑이와 곶감」 류의 호랑이들도 단순

▶ 「한국 전래동화집」 4권.

하다. 무서우면 아무 생각 없이 달리고 보는 것이다.

대부분의 전래동화 속 호랑이는 착하고 순진하고 단순하다.

의외로 악한(무서운) 호랑이는 드물다. 수수깡에 찔려 죽은 호랑이, 유복동이 어렵게 물리친 '금강산 호랑이'와, 팥죽 할머니와 무생물들의 연대와 협동으로 제압한 '무밭 망치는 호랑이' 정도다. 사실 그 호랑이들도 나쁘다고 할 수 없다. 그 호랑이들은 자기 본성에 충실했다. 호랑이가 호랑이답게 행동했을 뿐이다. 사람의 관점으로 악일 뿐이다. 하여튼 악이라고 해두자.

어쨌든 착한 호랑이와 나쁜 호랑이는 구별하기 쉽다. 단순하니까 읽는 사람도 단순하게 구별할 수 있다.

착한 건지 나쁜 건지, 단순한 건지 복잡한 건지 헛갈리는 호랑이, 이상한 호랑이들은 이상한 만큼 구별하기 어렵다.

불가해한 호랑이는 더 말할 것도 없다.

읽는 사람 관점의 따라 다르다고 말할 수밖에 없다

「효부와 호랑이」의 호랑이는 며느리를 태우고 친정에 다녀온다. 사람이 효도하는 데 큰 도움을 준 것이다. 호랑이가 함정에 빠지자 며느리는 호랑이를 구해준다. 사람들이 난리가 났다. 가축을 물어 가고 밭을 망치는 호랑이를 구해주다니! 원님은 며느리가 다시 호랑이를 데려오면 용서해주겠다고 했다. 호랑이는 죽을지도 모르건만 며느리를 태우고 사람 앞에 나타난다.

이 호랑이는 착한가? 악한가? 이상한가? 복잡한가?

"사람을 도와줬잖아. 그것도 그냥 사람이 아닌 효성스러운 며느리를 도와줬잖아. 또 자기 때문에 위험에 빠진 사람을 구해주겠다고 그 위험한 데에 다시 나타났으니 얼마나 착해. 착한 호랑이야!"

"나쁜 건 나쁜 거다. 사람이 힘들여 키운 가축을 물어 갔다. 걸레가 빤다고 깨끗해지나. 원래 나쁜 놈은 한번 착한 일을 했다손 치더라도 결국에 나쁜 일을 더 많이 할 거야. 나쁜 호랑이!"

"거, 이상한 녀석이군. 며느리(여자)를 좋아한 거야. 수컷 호랑이였을 거야. 틀림없이. 사랑을 한 거지. 그렇지 않고서야 사람을 구하겠다고 다시 나타났겠어. 이상해 보이지만, 사랑이라는 코드로 이해하면 이해가 되지. 이상한 호랑이야."

"사랑 같은 소리 하네. 정말 이해할 수 없는 녀석이군. 왜 사람을 태워줬지. 곶감 보고 놀라서 도망치다가 얼떨결에 며느리를 태운 건가. 사람 앞엔 왜 나타나. 죽으려고 환장했나. 도무지 이해할 수가 없어. 말이 안 돼. 불가해한 호랑이야."

어린이는 전래동화를 읽으면 우선 자기 나름의 판단을 가질 것이다. 호랑이가 착하다고 판단할 수도 있다. 나쁘다고 판단할 수도 있다. 이상하지만 이해할 수도 있고 도무지 이해할 수 없을 수도 있다.

그 처음 생각과 느낌을 존중해야 한다.

어른은 자기들의 판단과 감정에 맞춰 아이의 판단과 감정을 시정하려고 한다.

"이 동화는 그런 이야기가 아니란다."

"착하다니, 틀린 생각이야."

"뭐가, 복잡해, 이렇게 생각하면 금방 이해가 되잖아."

"답이 왜 없어. 있다니까."

"이런 식으로 써야 독후감 심사 보는 선생님이 뽑아준다니까."

어른의 생각과 감정은 옳을 것일까?

어른의 생각과 감정이 옳다고 하자. 그렇다고 해도, 어린이의 생각과 감정이 옳지 않은 것 같더라도 그 어린이의 주체적인 생각과 감정일 텐데 그것을 고쳐주려고 하는 것이 진정한 가르침일까?

가르치지 않는다면 선생을 하지 않은 것 같다. 그래서 꼭 뭔가를 가르쳐야 한다면 다양한 견해를 제시해주는 것으로 충분하지 않을까.

"「호랑이 처녀의 첫사랑」 읽고 독후감 써 왔지?"

"호돌이는 호랑이 처녀가 착하다는 판단이구나. 사랑하는 남자를 위해 자기를 희생했으니 그 마음이 얼마나 곱냐는 견해구나. 그래, 그래."

"호순이는 호랑이 처녀는 바보 멍텅구리고 김현이라는 놈은 아주아주 나쁜 놈이라는 견해구나. 김현도 나쁜 놈이지만,

호랑이 처녀가 진짜 문제다. 이렇게 자기희생을 해서 남자 좋은 일만 하는 여자들 때문에 나라가 발전이 안 된다. 그러니 호랑이 처녀는 '여자의 해방'을 가로막는 나쁜 호랑이다. 그래, 그래."

"호빵이는 참 이상한 호랑이지만 사랑하다 보면 그럴 수도 있을 것 같다는 견해구나. 너도 이런 사랑 하고 싶어요, 그래, 그래."

"호창이는 죽어도 이해를 못 하겠다는 견해구나. 이게 무슨 말도 안 되는 이야기냐? 그래, 그래."

"호철이는 선생님도 무슨 말인지 납득이 안 되는 독특한 견해구나. 5차원적 생각이야. 좋아, 좋아."

더욱이 요새 아이들로 말하면 놀랄 만큼 입으로 잘 엮어댑니다. 어른이 도무지 당할 수가 없을 만치 사리를 잘 캐서 말을 잘하는 아이가 많습니다. 그러나 그 말의 대개는 실행할 수 없는 말만 할 뿐입니다 그런데 대체 아이로 하여금 그렇게 만든 사람이 누구인가. 이것은 교육자인 학교 가정 부형 또 사회이겠다고 할 수 밖에 없습니다. 학교 같은데서 시간을 잘 지키라는 설명을 수신 시간에 오래하여 (……) 예를 들 것 같으면 아이를 나무랄 때, "그런 거짓말을 하면 호랑이가 와서 잡아간다" 이렇게 거짓말을 못하도록 하기 위하여 거짓말을 하는 경우가 있습니다. 아이도 처음에는 그런가 하고 믿고 무서워하지만 이런 사실이 여러 번 중복되면 "거짓말, 호랑이는 아니 와!" 하며 부형의 말을 반대로 업수이 여기입니다.▶

『수신修身』은 지금의 『바른생활』『생활의 길잡이』『도덕』 『국민윤리』 등의 일제강점기 때 교과다.

지금의 어른도 '(어린이가) 거짓말을 못하도록 하기 위하여 (어린이에게) 거짓말을 하고' 있다.

"거짓말을 하면 호랑이가 와서 잡아간다"는 어른의 생거짓말을 담아내고 있는 게 바로 지금의 전래동화다.

거짓말은 기본이고 온갖 못된 짓을 하고도 잘만 살아가는 사람이 너무 많다. 아이도 자기의 부모가 가난한 것은 거짓말을 해서 게을러서가 아님을 잘 알고 있다. 부모님이 가난한 건 흙수저로 태어나 흙수저로 살았기 때문이다.

그런데 전래동화에는 착하게 부지런하게 인정 많게 시키는 대로 고분고분하게 생활하면 무조건 잘될 거라고 써 있다. 그게 희망이고 지혜고 슬기라는 것이다.

아이들은 진정 슬기로워서 몇 번 속아보면 더 이상 속지 않는다. 이거 좋은 것 아닌가.

어른이 진정 바라는 것은 아이가 창의적으로 비판적으로 자기 삶을 즐기는 것 아닌가. 아이는 바로 그런 비판적이고 창의

▶ 『동아일보』「아이에게는 말 먼저 앞세우면 낭패」 1929. 9. 19.

적 배움을 원한다. 그런데도 어른은 (아이가 속지 않는다는 것을 알면서도) 걱정이 된다는 까닭으로 좋은 말 바른말 올바른 말, 다시 말해 거짓말을 전래동화처럼 가르친다.

방정환 선생님도 엄청 거짓말을 하셨다. 물론 다 어린이들 잘되라고 그러셨다. 지금 우리 어른들이 그러하듯.

그러나 사실을 가르치면 안 되는 걸까. 전래동화의 우의를 제대로 가르치면 안 되는 걸까.

호랑이는 절대로 멍청하지 않다. 전래동화에 나오는 호랑이는 그냥 웃자고 해본 소리다. 현실의 호랑이들은 강하다. 그 호랑이들을 상대하려면, 「호랑이 잡는 101가지 방법」 같은 황당무계한 판타지보다 「금강산 유복이」 초반부처럼 지피지기하고 수련을 해야 한다.

나도 아이한테 자꾸자꾸 거짓말을 한다. 너희 청소년이 그토록 욕을 잘하는 것은 무리에서 자기를 보호하고 존재감을 증명하기 위한 생존 전략이다. 너도 성깔 있고 반항할 줄 아는 것처럼 보여야 하는 상황에선 욕을 해라. 욕은 효율적인 호신술이다.

이렇게 가르치고 싶지만 욕하지 마세요, 욕하면 나쁜 학생이에요, 하고 가르친다.

어떤 모습이 학생다운 것일까?
분명한 것은 비판하는 학생도 소중하다는 것이다.

물론 어른은 이런 학생들을 짜증스러워 한다.

배운 것과 다르다고 항의하는 학생.

자기 생각과 일치하지 않으면 따지는 학생.

시키는 대로 하지 않고 제 의지대로 하는 학생.

그래서 따지지 마, 시키면 시키는 대로 해, 라며 윽박지른다.

언어폭력을 사용하고 만다.

왜 어른은 사실을 가르치지 못하는 것일까. 학생이 두려운가?

어쩔 수 없다고 하자. 초등학교 때까지는.

하지만 청소년에게는 달라야 한다. 어른은 더 이상 거짓말을 가르치면 안 된다. 진실은 주관적인 것이어서 사람마다 다르니 사실에 다가가려고 노력해야 한다. 그래야 어른들이 완전히 맛이 가서 포악한 호랑이 앞에서 꼼짝 못 하고 있을 때 청소년이라도 소리쳐줄 수 있다.

"저건 아닙니다."

"거짓말입니다."

"임금은 발가벗고 있어요. 고추가 다 보여요."

"고쳐야 합니다."

라고 떠질 수 있다.

그런 일이 우리 역사에 한 번 있었다. 바로 4·19혁명이다. 어른들은 미친 호랑이를 보고도 미쳤다고 하지 않았다. 미친 호랑이가 집을 파괴하고 사람을 잡아먹는데도 가만히 움츠리고만 있었다.

하여 청소년들이 사실을 외쳤다.

"저건 미친 호랑이입니다!"

그제야 대학생도 시민도 미친 호랑이를 잡겠다고 일어섰다. 그것이 4·19혁명이다.

미친 호랑이가 쳐들어왔을 때 따질 수 있는 사람만이 저항할 수 있다. 이승만 독재 정권보다 더 미친 정권이 있었다. 전두환 정권은, 이 미친 호랑이는 광주 고을에 뛰어들어 난동을 부렸다. 그러면 모든 고을 사람이 고분고분 잡아먹어주세요, 할 줄 알았다. 미친 호랑이는 본보기로 한 토끼를 잡으면 다른 모든 토끼가 알아서 잡아먹으세요, 할 줄 알았다.

광주 사람은 호랑이가 미쳤다는 걸 알았다. 뿐만 아니라 미친 호랑이는 힘을 합해서 잡아야 한다는 것을 알았다. 그래서 싸웠다. 다른 고을 사람이 힘을 합했다면 충분히 잡을 수 있는 호랑이였다. 그러나 다른 고을 사람은 무서워서 가만히 있었다.

미친 호랑이가 이겼다. 하지만 광주 사람의 싸움은 일시적으로 패배였을 뿐 영원히 승리했다. 미친 호랑이들에게 똑똑히 보여준 것이다. 무서워서 도망가지 않고 따지고 대들고 연대하여 덤비는 사람이 있다는 것을. 5·18민주화운동은 아프지만 영원한 승리로 기록되어 있다.

영원한 승리는 1987년에 증명되었다. 보라, 모든 고을 사람이 다 나와서 돌멩이를 던지자 미친 호랑이는 놀라서 달아났다.

왜 어렸을 때부터 비판적으로 가르치면 안 된단 말인가. 왜 전래동화를 비판력을 기르는 텍스트로 삼으면 안 된단 말인가?

속지도 않고 어른보다 아는 것도 더 많은 아이들인데 말이다. 최첨단을 사는 아이들한테 전래동화를 케케묵은 생각을 전달하는 수단으로 사용하다니 이해할 수 없다.

디자인과 문체만 새롭지, 이야기에 담긴 사상은 조선시대의 삼강오륜으로 퇴행한 전래동화. 현대에 맞게 재해석한 전래동화가 더 간절하지 않은가.

그것이 일제강점기에 대한 독립을 쟁취하고야 말 어린이에게 한글도 가르치는 동시에 비판 정신을 함양하기 위해 방책으로 형성된 '전래동화'를 훌륭히 계승시키는 것이다.

전래동화가 그토록 부정하려고 했던 그 옛날 옛날로 왜 돌아가려 하는가.

전래동화는 '입에서 입으로 전해 내려온 옛날이야기'가 아니다.

전래동화는 '직설적으로 말할 수 없는 일제강점기에 현실을 담아내고 미래를 도모한 알레고리 우화'였다.

우리는 그 전래동화의 비판 정신을 계승해야 한다. 새로운 전래동화 각색은 옛날이 아니라 당대를 담아내야 한다.

1939년에 씌어졌지만, 지금 읽어도 너무나도 와닿는 대목으로 마무리한다.

작가가 구비동화, 전설을 통하여 상징적이요, 몽상적인 미의 세계를 보여주는 동시에 문학적이요 예술적인 창작동화를 통하여 현실을 탐구케 하며 진眞의 세계를 발견하도록 만들어야겠다. (……) 아동에게 주는 동화는 결코 현실 사회생활과 유리할 수 없는 관계를 맺었다고 본다.'

▶ 「동아일보」 「동화문학과 작가」 송창일, 1939. 10. 17.

주요 인용 문헌 및 공부 자료
(원저 및 초판 출간순)

호랑이 이야기가 나오는 신문 및 책

『삼국유사』, 원저: 1281~1283.

『조선설화』, 가린 미하일롭스키, 러시아, 1904.

　　(번역 출간) 『백두산 민담』(전2권), 창비, 김녹양 번역, 1987.

『반만년간 죠션긔담』, 안동수, 조선도서, 1922.

　　(발굴 출간) 『조선조말 구전설화집』, 최인학 편저, 박이정, 1999.

『동아일보』, 1920~1940.

『조선동화집』, 조선총독부, 1924.

　　(번역·연구서) 『조선동화집의 번역·연구』, 권혁래 역저, 집문당, 2003.

『조선동화대집』, 심의린, 경성, 한성도서, 1926, 국한문.

　　(발굴 출간) 『조선동화대집』, 최인학 옮김, 민속원, 2009.

『朝鮮民譚集』, 손진태, 동경: 향토연구사, 1930, 일어.

　　(번역 발굴 출간) 『조선설화집』, 최인학 옮김, 민속원, 2009.

『조선전래동화집』, 박영만, 학예사, 1940.

(발굴 출간)『조선전래동화집』, 권혁래 옮김, 한국국학진흥원, 2006.

『한국 전래동화집』(전15권), 이원수·손동인·최내옥 엮음, 창비, 1980~1985.

공부한책

『한국 호랑이』, 김호근·윤열수 엮음, 열화당, 1986.

『우리나라 소년 운동 발자취』, 윤석중, 웅진, 1988.

『전래동화 교육의 이론과 실제』, 김기창·최운식, 집문당, 1998.

『소파 방정환의 아동교육 운동과 사상』, 안경식, 학지사, 1994.

『한국의 설화』, 김화경, 지식산업사, 2002.

『단군, 만들어진 신화』, 송호정, 산처럼, 2004.

『한국소년운동론』, 김정의, 혜안, 2006.

『「소년」과 「청춘」의 창』, 권보드래·한영주·길진숙·권용선·문성환·한영주, 이화여자대학교출판부, 2007.

『十二支神 호랑이』, 책임편집 이어령, 생각의나무, 2009.

『살아있는 우리말의 역사』, 홍윤표, 태학사, 2009.

『최남선 평전』, 류시현, 한겨레출판, 2010.

『한국근대소년운동사』, 최명표, 선인, 2011.

따져 읽는 **호랑이 이야기**

1판 1쇄 인쇄	2019년 11월 15일
1판 1쇄 발행	2019년 11월 27일

지은이	김종광
펴낸이	임양묵
펴낸곳	솔출판사

주소	서울시 마포구 와우산로29가길 80(서교동)
전화	02-332-1526
팩스	02-332-1529
홈페이지	www.solbook.co.kr
이메일	solbook@solbook.co.kr
출판등록	1990년 9월 15일 제10-420호

© 김종광, 2019

ISBN	979-11-6020-115-4 (03800)